朱自清古典诗词选

朱自清 著

古吴轩出版社
中国·苏州

图书在版编目（CIP）数据

朱自清古典诗词选 / 朱自清著. — 苏州：古吴轩出版社，2018.8（2022.1 重印）
（回望朱自清）
ISBN 978-7-5546-1191-3

Ⅰ.①朱… Ⅱ.①朱… Ⅲ.①诗词—作品集—中国—现代
Ⅳ.①I226

中国版本图书馆 CIP 数据核字（2018）第 173378 号

责任编辑：蒋丽华
见习编辑：顾　熙
策　　划：罗路晗
封面题签：葛丽萍
装帧设计：鸿儒文轩·书心瞬意

书　　名	朱自清古典诗词选
丛书主编	陈　武
著　　者	朱自清
出版发行	古吴轩出版社
	地址：苏州市八达街 118 号苏州新闻大厦 30F　邮编：215123
	电话：0512-65233679　　　　　　　　　　传真：0512-65220750
出 版 人	尹剑峰
印　　刷	三河市华东印刷有限公司
开　　本	787×1092　1/32
印　　张	9
版　　次	2018 年 8 月第 1 版
印　　次	2022 年 1 月第 2 次印刷
书　　号	ISBN 978-7-5546-1191-3
定　　价	45.00 元

如有印装质量问题，请与印刷厂联系。电话：010-85717689

编者说明

　　同是新文学作家,相较于鲁迅和郁达夫等人在旧体诗词上的声名卓著,朱自清的旧体诗词一向不大为人所知。从这部诗稿中可以看出,朱自清在学习写作旧体诗词的过程中可谓饱尝甘苦。从最初拟古诗、拟古词的亦步亦趋,到后来的渐次放开手脚,以至与人往复酬唱,再到最后的从心所欲不逾矩。朱自清的旧体诗词创作与其人生经历、心路历程的关联,以及朱自清以旧体诗为媒介展开的与各阶层人物的交游活动,相信能为作家研究和文学史研究提供丰富材料、崭新视角和相当助益。

　　在编辑本书时,我们以2014年人民出版社出版的《朱自清旧体诗词校注》为底本,对其中的异体字和繁体字进行了修改。由于编者能力有限,有不足之处,敬请读者指正。

2018年7月

目 录

敝帚集

拟行行重行 …………………………………… 3
拟青青河畔草 ………………………………… 4
拟西北有高楼 ………………………………… 5
拟迢迢牵牛星 ………………………………… 6
拟回车驾言迈 ………………………………… 7
拟凛凛岁云暮 ………………………………… 8
拟孟冬寒气至 ………………………………… 9
拟李陵与苏武诗 ……………………………… 10
拟苏武古诗 …………………………………… 11
拟上山采蘼芜 ………………………………… 12
班婕妤怨歌行 ………………………………… 13
辛延年羽林郎 ………………………………… 14

曹植杂诗 ······ 16
王粲七哀诗 ······ 17
徐干室思 ······ 18
阮籍咏怀 ······ 22
张华杂诗 ······ 24
张协杂诗 ······ 25
潘岳悼亡诗 ······ 27
左思咏史 ······ 29
招隐诗 ······ 31
孙楚征西官属送于陟阳侯作诗 ······ 32
郭璞游仙 ······ 33
刘琨扶风歌 ······ 35
陶潜归田园居 ······ 37
饮　酒 ······ 38
谢灵运入彭蠡湖口 ······ 39
谢朓暂使下都夜发新林至京邑赠西府同僚 ······ 40
何逊与胡兴安夜别 ······ 41
阴铿渡青草湖 ······ 42
庾信拟咏怀 ······ 43
送卫王南征 ······ 44
宴后独步月下 ······ 45

辛酉岁在杭州，十一月十四日俗谓阿弥陀佛生日，与
　　圣陶、伯唐乘月泛舟至净寺。兹念昔游，宛然在目，
　　赋此兼怀二子 …………………………………… 46
中秋月 …………………………………………… 47
忆诸儿 …………………………………………… 48
重过清华园西院 ………………………………… 49
除夕书感 ………………………………………… 51
沉　吟 …………………………………………… 53
颉刚欲为作伐,赋此报之 ………………………… 54
蹉　跎 …………………………………………… 55
喧　寂 …………………………………………… 56
遐想得句,爰足成之 ……………………………… 57
赠斐云 …………………………………………… 58
厂甸庙会 ………………………………………… 59
所　居 …………………………………………… 60
有　感 …………………………………………… 61
怀南中诸旧游 …………………………………… 62
寿汪公严先生六十 ……………………………… 65
又　代人作 ……………………………………… 66
书　怀 …………………………………………… 67
昔　游 …………………………………………… 68

看　花 …………………………………………………… 70

十九年清明后一日,为先室三十三岁生辰,薄暮出西
　郊,见春游车马甚盛。因念旧岁尝共游万牲园,情
　景犹新,为之凄恻 ………………………………… 71

晴日乍暄,海棠盛放 ………………………………… 73

作　诗 ………………………………………………… 74

赠梦琴 ………………………………………………… 75

盛　年 ………………………………………………… 76

题《棘心》后 …………………………………………… 77

白马湖 ………………………………………………… 78

家大人来书,谓国庆日提灯会,共产党散传单,军士鸣
　枪示警,迈儿二更始归,形色仓皇,云云 ………… 80

有　感 ………………………………………………… 81

送吴雨僧先生赴欧洲 ………………………………… 82

无　题 ………………………………………………… 83

平伯家进豆糜粥 ……………………………………… 84

无　题 ………………………………………………… 85

赠阿满 ………………………………………………… 86

梦　回 ………………………………………………… 87

竹隐以红叶见寄,赋此奉答 ………………………… 88

述　怀 ………………………………………………… 90

胃　疾	91
虞美人	92
虞美人	93
虞美人	94
虞美人	95
虞美人	97
虞美人	98
虞美人	99
李白菩萨蛮	100
张志和渔歌子	101
温庭筠菩萨蛮	102
前人更漏子	103
前人河传	104
韦庄菩萨蛮	105
薛昭蕴浣溪沙	106
牛峤菩萨蛮用原韵	107
张泌江城子	108
牛希济生查子	109
欧阳炯浣溪沙	110
春	111
游　仙	112

时与爱 …………………………………………… 113
牧羊儿恋歌 ……………………………………… 115
短　歌 …………………………………………… 117

犹贤博弈斋诗钞

漓江绝句 ………………………………………… 121
南岳方广道中寄内作 …………………………… 123
题白石山翁作《墨志楼刊经图》 ……………… 124
题白石山翁为墨志楼主作《万里归帆图》 …… 125
重九邓晋康主任招饮康庄 ……………………… 126
公权四十三岁初度,有诗见示。悉属同庚,余怀怅触,
　依韵奉酬 ……………………………………… 128
得逊生书作,次公权韵 ………………………… 130
过公权守愚郊居 ………………………………… 132
寄小孟,次公权韵 ……………………………… 133
夜　坐 …………………………………………… 134
圣陶为言今年少城公园海棠甚盛,恨未及观。邂公权
　见和之作,有"各自看花一畅言"语,再叠前韵奉答,
　并示圣陶 ……………………………………… 136
圣陶颇以近作多苦言为病,试为好语自娱,兼示圣陶、
　公权,三叠颜字韵 …………………………… 137

成都有作舞会者,因忆清华园旧事,戏柬小孟,即次见
　和韵 …………………………………………… 138
公权寄示《呓语》二章,叠颜字韵奉答 ………… 139
公权寄和近作,辞意新警,感慨遥深,雒诵再三,情
　难自已。辄取诗中语成《明镜》一章,倒叠颜字
　韵奉酬 ………………………………………… 140
近怀示圣陶 ……………………………………… 141
逖生来书,眷怀清华园旧迹,有"五年前事浑如一梦"
　语,因成长句,寄逖生、化成 ………………… 143
初作长句,寄示公权求教,戏縢一绝。新词变体学《离
　骚》,公权定风波句也 ………………………… 145
再叠颜字韵答公权戏赠之作,兼谢观澄先生 ……… 146
赠圣陶 …………………………………………… 147
圣陶示《偶成》一章,超世而不出世,所感甚深,即次原
　韵奉答,并效其体 …………………………… 149
公权寄示戏赠小孟之作,即次其韵 ……………… 150
为某女士题纪念册 ……………………………… 152
伯鹰有诗见及,次韵奉酬 ………………………… 153
答逖生见寄,次公权韵 …………………………… 154
公权戏赠二绝,次韵奉酬 ………………………… 156
夏夜次公权韵 …………………………………… 157

次韵公权寄怀 …………………………………………… 159

绍谷书来,谓即携夫人至锦城,因讯近居,赋此寄怀 … 161

将离示石荪,石荪绳离别之苦,劝勿行 ………… 163

偶　成 ………………………………………………… 164

寿张志和四十九岁生日。志和邛崃人,幼学陆军,辛亥参与革命,洊升师长,驻江津,颇得民望。尝立小学于邛,以纪念其尊人。卸军职后,游历各国,于国际政治盖三致意焉 ………………………………… 165

滇南临安酸石榴最美,曩在蒙自,驻军方营长曾以见贻,今三年不尝此味矣 …………………………… 167

次韵答公权 …………………………………………… 168

桂　湖 ………………………………………………… 169

寄怀平伯北平 ………………………………………… 170

以《两周金文辞大系图录》贻墨志楼主人,时将去成都 ………………………………………………… 172

别圣陶,次见赠韵 …………………………………… 174

公权次寄怀平伯韵赠别,叠韵奉答 ……………… 176

好梦再叠何字韵　并序 …………………………… 178

赠李铁夫 ……………………………………………… 179

发叙永,车中寄铁夫 ………………………………… 180

忆宜宾公园中木芙蓉作,次公权暨介弟公逊倡和韵 … 181

妇难为,戏示公权 …………………………………… 182
前作意有未尽,续成一章,叠前韵 ………………… 183
蜡梅,次公权韵 ……………………………………… 184
忆曲靖至昆明车中观晚霞作 ………………………… 185
忆旧京西府海棠,次公权韵 ………………………… 187
胃疾自儆 ……………………………………………… 188
云南实业银行新厦落成开幕,绍谷任总经理,诗以
　　贺之 …………………………………………… 189
送福田归檀香山 ……………………………………… 190
中秋从月涵先生及岱孙、继侗至积翠园培源寄居,次
　　今甫与月涵先生倡和韵 ……………………… 191
叠前韵赠今甫 ………………………………………… 193
题李宇霓《无双吟》 ………………………………… 195
游倒石头因忆石林,示同游诸子 …………………… 197
挽张素痴 ……………………………………………… 199
次公权韵 ……………………………………………… 201
清常见示摄影册子,辄题其后并序 ………………… 203
国徽花,俗所谓五子莲者 …………………………… 204
山　泉 ………………………………………………… 205
为春台题所画清华园之菊 …………………………… 206
赠岱孙 ………………………………………………… 207

为人题印谱选存 …………………………………… 208

书 怀 …………………………………………… 209

赠之椿 …………………………………………… 210

寿涂母陈太夫人七十 代吴正之作 …………… 211

农历壬午岁嘉平月十六日,值丐尊伉俪结缡四十周年之
 庆,雪村首倡贺章,丐尊有和作,即次原韵奉祝 …… 213

赠萧庆德,叔玉大儿也 ………………………… 214

春来小极,江清共话,大慰鄙怀 ………………… 215

娇 女 …………………………………………… 216

绍谷哲嗣君恕世兄与广东陆女士成婚,诗以贺之 …… 217

雨僧以《淑女将至》诗见示,读之感喟,即次其韵 …… 218

答程千帆见赠,即次其韵 …………………… 219

卅三年夏,与慰堂、士生重聚于陪都,谈笑欢甚,作此
 纪事,兼赠二君 ………………………………… 221

中秋节近,以火腿干菜月饼贻慰堂,皆乡味也。慰堂
 峻却不受,作此调之 …………………………… 223

《铁螺山房集》赠主人 …………………………… 224

寄三弟叙永 ……………………………………… 226

卅四年夏,余自昆明归成都,子恺亦自重庆来,晤言欢
 甚,成四绝句 …………………………………… 228

贺郭毅庵与殷剑明女士结婚 …………………… 230

贺惠国姝女士与杨君结婚 …………………… 231
读冯友兰、景兰、淑兰昆季所述尊妣吴太夫人行状
　及祭母文,系之以诗 ………………………… 232
题所藏《李晨岚沇陵图》残卷 ………………… 233
市肆见《三希堂山谷尺牍》,爱不忍释,而力不能
　致之 …………………………………………… 234
胜利已复半载,对此茫茫,百端交集,次公权去夏
　见答韵 ………………………………………… 235
涤非惠诗,其言甚苦,次韵慰之 ………………… 237
戏赠萧庆年,叔玉长女公子也 ………………… 238
华　　年 ………………………………………… 239
《客倦》次公权韵 ……………………………… 240
贺金拾珊、张弢英婚礼 ………………………… 241
赠石荪 …………………………………………… 242
赠单五传渊 ……………………………………… 243
健吾以振铎所贻旧纸来索诗,书不成行,辄易一幅
　应之 …………………………………………… 244
慰堂坠车折臂,养疴沪上,寄示旧作。并承赠诗,即
　次见赠韵 ……………………………………… 245
绍谷伉俪北来,同游香山静宜园,话旧奉赠 …… 246

夜不成寐,忆业雅《老境》一文,感而有作,即以
　　示之 …………………………………………………… 247
赠程砚秋君及高足王吟秋君 ………………………… 248

补　遗

中秋有感 ………………………………………………… 251
奉化江边盘散归途成一绝 ……………………………… 252
题马公愚所画《石鼓图》 ……………………………… 253
情　诗 …………………………………………………… 254
和陈竹隐二章 …………………………………………… 255
漓江绝句 ………………………………………………… 257
贺中国农民银行开幕式 ………………………………… 258
遨生见示香山看红叶之作,即步原韵奉和 ………… 260
祝贺廖辉如先生六十寿辰 ……………………………… 261
短歌歌威尼斯行与朱偰联句 …………………………… 262
归航即景与朱偰联句 …………………………………… 264
元日纪游与浦江清联句 ………………………………… 266

敝帚集

拟行行重行行①

眇眇川涂异,思君难等齐。
天地自高厚,故为东与西。
相望千万里,相见无端倪。
黄叶依故林,梁燕认旧栖。
日月有代谢,揽镜伤形影。
风云不可测,百岁如俄顷。
人生且行乐,春秋多佳景。

---

① 此诗作于1927年6月1日朱自清任教于北京清华大学时。

拟青青河畔草[①]

离离千里草,寂寂道旁柳。
夭夭登楼人,依依弄姿首。
宛宛好风光,昵昵蜜在口。
忆昔倡门乐,为乐不可久。
荡子何处行?与君难作妇。

[①] 此诗作于1927年6月4日朱自清任教于北京清华大学时。

拟西北有高楼①

高楼齐日月,下视临通逵。
玉阶无数重,绮窗自参差。
白云随风度,弦歌起素帷。
慷慨奋哀响,不知弹者谁。
一听清商曲,含情数低徊。
琴声忽复断,叹息中肠摧。
知音不可见,歌者兴已颓。
愿得共鸣鹤,翱翔上九垓。

---

① 此诗作于 1927 年 6 月 11 日、12 日朱自清任教于北京清华大学时。

拟迢迢牵牛星[①]

耿耿天汉长,舟梁在何许。
皖彼牵牛星,跂彼机中女。
相望终日间,裹裳不能去。
低头弄素手,经纬乱无序。

[①] 此诗作于 1927 年 6 月 24 日朱自清任教于北京清华大学时。

拟回车驾言迈[①]

驱车出城郭,修途良浩浩。
弥望春草生,东风送温燠。
菀枯一时异,安得永相保。
盛年无几何,须发忽已皓。
岂如礀中石,磊磊常美好。
此身不足惜,荣名系怀抱。

---

① 此诗作于1927年7月3日朱自清任教于北京清华大学时。

拟凛凛岁云暮①

凛凛凉风至,蟋蟀悲岁迟。
寒气向夕殷,游子何所之。
欢愁一以异,锦衾空尔为。
夜长谁与旦,梦想情不移。
良人忽枉驾,中道授吾绥。
所愿长携手,殷勤同昔时。
言笑未及竟,重闱寂若兹。
宁有双羽翼,凌风从此辞。
顾盼聊自适,引领不知疲。
踟蹰难作计,倚户清泪垂。

---

① 此诗作于 1927 年 7 月 10 日、11 日朱自清任教于北京清华大学时。

拟孟冬寒气至[①]

孟冬凉风厉,寒气侵虚室。
夜长不得旦,众星何炜燏。
明月隐复见,盈亏不可诘。
有客来远方,仓猝出手笔;
寝馈不忘此,三岁与之昵。
穷老抱一心,君子恩意密。

[①] 此诗作于 1927 年 7 月 13 日朱自清任教于北京清华大学时。

拟李陵与苏武诗[①]

河梁一为别,顷刻殊忧愉,
握手未肯释,欷歔当路衢。
仰视双飞雁,迢迢向南徂,
风云一朝异,宁复长相俱。
念子难再遇,欲言徒嗫嚅。
愿得如百草,经冬春复苏,
荣枯会有数,皓首情不渝。

[①] 此诗作于 1927 年 7 月 22 日朱自清任教于北京清华大学时。

拟苏武古诗[1]

兄弟如手足,论交亦有真。
四海成一家,行路皆同仁。
与子为骨肉,以兹异常伦。
昔者形影共,今当隔飙尘。
相近日已久,含意未得申。
一朝远离别,恩情信肫肫。
白驹食场藿,絷维永兹晨。
为子酌斗酒,欲见恐无因。
愿得喻中怀,千里长相亲。

---

[1] 此诗作于1927年8月4日、5日朱自清任教于北京清华大学时。

拟上山采蘼芜[①]

薄言采蘼芜,道中逢故夫,
殷勤相问讯,新人当胜吾。
新人亦尔尔,故人清以腴。
肌肤虽近似,手指各相殊。
新人于于来,故人行彳亍。
新人斗奢靡,故人甘寒素。
寒素惜锱铢,奢靡不知数。
娶妇宜室家,勿复论新故。

[①] 此诗作于1927年8月15日、16日朱自清任教于北京清华大学时。

班婕妤怨歌行[①]

纨素新织成,一振如挥雪。
裁为明月扇,如环长不缺。
朝夕在君手,微风却炎热。
所惧凉飙至,忽复易时节,
恩情无始终,弃置供群舌。

[①] 此诗作于1928年6月7日朱自清任教于北京清华大学时。

辛延年羽林郎[①]

昔有冯子都,云是霍家奴。
凭陵一市中,觊觎倾城姝。
春日何迟媚,胡女正当垆。
罗带飐春风,红襦映朝华。
髻横金雀钗,耳著明月珠,
修眉若蛾扬,联娟与世殊。
一笑人趋走,一颦人踟蹰。
赫赫金吾子,顾我何所须?
银鞍被锦绣,白马从骊驹。

---

① 此诗作于1928年6月8日、11日朱自清任教于北京清华大学时。

我为君取酒，盛以雕玉壶。
我为君办饭，奉以鲙鲤鱼。
君贻我鸾镜，揽镜有尘污。
君结我修袂，断袂裂肌肤。
莫谓身轻贱，礼义不可逾。
男儿多所爱，女子事一夫。
新故各自适，贵贱情不渝。
明告金吾子，恋恋一何愚。

曹植杂诗[①]

黄叶辞故枝,飘飖西复东。
长风起天末,吹去何匆匆。
行行千万里,山川不可穷。
游子远从军,视此将毋同。
严霜侵肌肤,腹中常饥空。
朝夕难自保,沉埋随百草。

[①] 此诗作于1928年6月12日朱自清任教于北京清华大学时。

王粲七哀诗[①]

西京盛榛莽，虎兕当路蟠。
恻恻去中国，荆楚可盘桓。
山川各异状，戚友惨不欢。
通馗少人迹，骴骼多摧残。
饥妇抱子来，低头行蹒跚。
弃子乱草中，疾去不复看。
惟恐闻号泣，重觉进止难。
汝勿怨阿母，母命亦难完。
听此气若结，策马一长叹。
踟蹰霸陵岸，崇墉入云端。
诵彼匪风诗，回顾怆肺肝。

[①] 此诗作于1928年6月13日朱自清任教于北京清华大学时。

徐干室思[1]

其 一

重阴婴人心,为谁气不扬?
念君去万里,跂彼天一方。
嘉会知何时,辗转愁我肠。
戚戚减餐食,衣带日以长。
崇朝空室中,恍惚君在旁。

---

[1] 此六诗作于 1928 年 6 月 14 日—7 月 4 日朱自清任教于北京（6 月 20 日后改名为北平）清华大学时。

其 二

群峰何崔巍,大川流浩浩。
极目君去程,目断心形槁。
人生八九十,局促如行潦。
日出会有时,何当展怀抱。
君恩不敢忘,甘心随秋草。

其 三

翩翩孤雁翔,愿欲托微辞。
形影倏冥灭,引领徒伤悲。
聚散有常理,君去无归期。
自君之出矣,膏沐为谁施?
思君车轮转,终日逐尘驰。

其 四

垂垂岁月尽,萧萧兰叶零。
俯仰增浩叹,顾影惜伶娉。
炯炯历长夜,隐忧如经年。
揽衣蹑空阶,双星耿在天。
人世不称意,暗泪流涓涓。

其 五

愿得见巾栉,庶以展劳辛。
恨无晨风翼,及彼梦中人。
搔首空踯躅,私爱不能申。
讵知一为别,会面永无因。
昔如漆与胶,今邈若胡秦。

其 六

有初未足算,期君终不渝。
离居日以久,常恐恩情殊。
见异而思迁,亮君非登徒。
一身与君远,宁敢忘须臾。
聊复忖君心,时当忆贱躯。

阮籍咏怀[①]

其 一

斜日下高冈,余辉尚依依。
凉风入户牖,宿鸟向人飞。
蜉蝣修绣羽,蟋蟀伤式微。
当路者谁子?徨徨不肯归。
荣名宁永保,僶俛何所希?
黄鹄临长风,千里翼一挥;
不若随燕雀,翩翩戏芳菲。

[①] 此三诗作于 1928 年 7 月 5 日—11 日朱自清任教于北平清华大学时。

其 二

空堂不见人，滔滔悲逝者。
修途直如矢，坦荡无车马。
登高四顾望，山川纷厈厊。
归鸟临风翔，孤兽走大野。
暮云须臾会，相思难自写！

其 三

壮岁游咸阳，浮沉逐弦歌。
赵李繁华子，飞骑时相过。
日月忽已晚，平生空蹉跎。
回车就归路，踟蹰顾三河。
黄金如粪土，挥霍常苦多。
北持太行驾，悠悠当如何。

张华杂诗[①]

四时更代御,天运固有恒。
日昏东壁中,渐觉寒气升。
凛凛严霜降,飒飒凄风兴。
朱火半明暗,兰膏行销凝。
重衾俨积铁,一身如卧冰。
辗转夜不尽,太息谁相应?
独念盛衰理,中怀良兢兢。

----

① 此诗作于1928年7月13日朱自清任教于北平清华大学时。

张协杂诗[①]

渊鱼争噞喁,水鹳长号鸣。
凄风起蘋末,密云翳阳明。
弥迤九州暗,滂沱天池倾。
愁霖历二旬,洪潦亚巨瀛。
青蛙生庭户,苍苔上阶楹。
浩浩无纪极,漂溺心所萦。
芳蕤日臭腐,绿叶渐零丁。
曲突无烟起,永路无人行。
门墙就颓圮,轩牖须楷撑。

[①] 此诗作于1928年7月20日、24日、25日朱自清任教于北平清华大学时。

湿薪比丹桂,腐粟等瑶琼。
丈夫安贫贱,屈申不改情。
为辞田方赐,难居沟壑名。
希踪於陵子,抗志黔娄生。

潘岳悼亡诗[①]

寒暑如转轮,荏苒已卒岁。
之子隔重壤,丽质永幽闭。
哀情无衰时,朔望两临祭。
朔望一时尽,淹留难作计。
回心从朝政,感物陨悲涕。
春风吹罗幕,流芳馥若兰。
壁间有遗挂,案头余手翰。
秋月入绮窗,展转衾枕寒。
衾枕行毁撤,仿佛闻长叹。

[①] 此诗作于 1928 年 7 月 26 日、27 日、8 月 8 日朱自清任教于北平清华大学时。

寝兴念仪容，茕茕形影单。
愿欲托梦寐，梦寐复杳漫。
驾言出东郊，顾瞻念窀穸。
茂树尽凋零，宿草纷狼藉。
孤魂归何所？荒丘多鬼伯。
彷徨不忍去，此去长为客。
俛俯就征途，沉忧与时积。

左思咏史[①]

其 一

乔松蟠涧底,纤草托山颠。
修短难并论,俯仰自相悬。
高门出公卿,蓬户沉英贤。
地势有盈绌,自昔理则然。
金张席余荫,累世珥貂蝉。
冯公老郎署,潜德永不宣。

[①] 此二诗作于 1928 年 8 月 9 日、10 日、16 日、17 日朱自清任教于北平清华大学时。

其 二

飞鸟居笼中,倦翩不得舒。
处士困穷巷,孤影长相俱。
出门尽枳棘,咫尺无经途。
铅刀难一割,块然守枯株。
身无尺寸禄,盎无升斗储。
室人交谴谪,亲友渐龃龉。
苏子相六国,旋被刺客诛。
李公立二世,遂为宦者愚。
荣枯顷刻间,戚戚将何图?
鹪鹩栖一枝,达士所楷模。

招隐诗[①]

招隐入山幽，荒草郁以深。
层岩蔽风雨，壤室抚素琴。
遥岑映残雪，青林来鸣禽。
飞泉溅珠玉，游鱼相追寻。
妙音胜弦管，山水写清心。
轻飔抵歌啸，密叶发微吟。
菊英可疗饥，兰气常在襟。
伫足聊一息，不觉久滞滛[②]。

[①] 此诗作于1928年8月23日、24日朱自清任教于北平清华大学时。

[②] 滛：同"淫"，讹用。滞滛：长久停留。

孙楚征西官属送于陟阳侯作诗[①]

零雨浥飞埃,晨风拂秋草。
倾城远相饯,悠悠千里道。
百年为大齐,旦莫不自保。
一死等彭殇,菌蛄孰寿夭。
祸福相表里,苦乐纷萦扰。
造化若洪炉,人间世何小!
达士忘其生,排遣苦未早。
彷徨歧路侧,亲交挂怀抱。
区区不敢忘,此心鉴苍昊。
相见邈无期,齐契以终老。

[①] 此诗作于 1928 年 8 月 29 日、31 日,9 月 4 日朱自清任教于北平清华大学时。

郭璞游仙[①]

其 一

青谿摩苍穹,上有修道士,
招手得日月,低头看云水。
自远一世间,疑是鬼谷子。
希踪颍川客,洗耳遗情累。
飘风飒然来,微波络绎起。
宓妃水中央,眸子清无比。
所恨无良媒,诚素何由披。

[①] 此三诗作于1928年9月6日、7日、11日、12日朱自清任教于北平清华大学时。

其 二

矫翼向霄汉,奋足羡遐幽。
沟壑容斗升,何以回吞舟。
虽秉珪璋美,难为明月投。
春阳有厚薄,秋风扫薰莸。
俯仰天地间,泪下不能收。

其 三

采芝历五岳,所惧年命催。
一朝漱灵液,致柔如婴孩。
高驾驰飞龙,先驱属奔雷。
霞裳随电展,云旗乘风回。
弭节叩天阍,徘徊阊阖开。
东海一滴水,昆仑一点埃。
渺渺人世间,转瞬皆劫灰!

刘琨扶风歌[①]

朝辞洛阳城,暮止丹水山。
控弦倏俯仰,挥剑时回飙。
飞轩越陵谷,高阙隐云烟。
据鞍前后顾,泪落如悬川。
长松系丝缰,峻岭废辔头。
悲风寂寞吹,涧水潺湲流。
举手相决绝,郁噎无一言。
浮云停不逝,鸣禽静不喧。
离家历岁时,变化安可量?

---

① 此诗作于 1928 年 9 月 13 日、14 日、19 日朱自清任教于北平清华大学时。

踯躅寒林间,搔首徒慨慷。
麋鹿若相亲,猿猴若相识。
聚粮倏已罄,采薇不可食。
徒御暂息驾,吟啸临高风。
天道有消长,君子安命穷。
惟汉李将军,功罪不见明;
只身羁绝域,妻子为鲵鲸。
此歌良委曲,委曲断人肠;
弃捐勿重道,重道增忧伤。

陶潜归田园居[①]

结庐在田野,悠然隔尘迹。
鸡犬声相闻,虚室终晨夕。
开春草木萌,出门事阡陌。
秉耒志常勤,即事心多怿。
新苗怀远风,荒土日已辟。
但愿遗世累,劬劳何所惜!
亦有新熟酒,归来可自适。
斟酌论桑麻,指点肥与瘠。

[①] 此诗至《送卫王南征》以下八首,均未注明写作时间,据朱自清生平活动与这些诗的内容及其在《敝帚集》中的编排顺序推断,这此诗约作于1928年9月至年底之间,朱自清任教于北平清华大学时。

饮 酒

菊色一何好,星星秋露莹。
掇英泛清酒,悠然远利名。
独酌不成醉,壶觞亦已倾。
日暮天苍苍,但闻归鸟鸣。
凭轩自啸咏,且以适吾情。

谢灵运入彭蠡湖口

舟行亦已倦,向晚风潮喧。
洲岛隐复出,堤岸逝若奔。
哀狖月下响,芳草露中繁。
白云蒙高岭,煖香来旷原。
俯仰生百虑,沉吟难一言。
松门险可跻,石镜净无痕。
不辨三江界,空思九派源。
异人杳幽姿,神物秘灵根。
金膏已黯澹,水玉失温存。
挥弦作别曲,太息增烦冤。

谢朓暂使下都夜发新林至京邑赠西府同僚

滔滔大江水，郁郁客子肠。
征途行已近，反路阻且长！
洲渚淡若霭，河汉监有光。
低昂见宫雉，参差绕曲房。
月丽鹣鹊观，星没建章墙。
鼎门暂息驾，昭邱思未央。
白日挟飞箭，况乃天一方。
鸟道隔烟雾，江汉无舟梁。
鹰隼良可虑，一击多创伤。
罗者今何慕？万里随风翔！

何逊与胡兴安夜别

反驾心何忍?舣舟客暂留。
当筵强索笑,异地各成愁。
寒露草头莹,清光水上浮。
淮流难写恨,孤馆不禁秋。

阴铿渡青草湖

锦帆青草影,春涨洞庭波。
杜若芳洲近,桃花隔岸多。
茅山望不极,巫峡势如何?
白日浮光彩,遥天隐縠罗。
樯高飞鸟渡,树动客舟过。
滔滔昼夜去,人事已蹉跎。

庾信拟咏怀

汉使车尘杳,榆关消息难。
风里胡笳急,月中羌笛寒。
翠带连朝缓,长眉百度攒。
朱颜行永谢,旧恨总无端。
断河山势阻,填海鸟声殚。

送卫王南征

分符专战伐,临水列旌旄。
飞尘随马足,遮断曲江涛。

宴后独步月下[①]

遥遥离绮席,皎皎满疏林。
到眼疑流水,栖枝起宿禽。
苍茫浮夜气,踯躅理尘襟。
孤影随轮仄,频为乌鹊吟。

[①] 此诗约作于 1929 年朱自清任教于北平清华大学时。

辛酉岁在杭州,十一月十四日俗谓阿弥陀佛生日,与圣陶、伯唐乘月泛舟至净寺。兹念昔游,宛然在目,赋此兼怀二子[①]

寒雾依山起,清辉逐水流。
浮沉渔火远,断续夜钟幽。
法会开名刹,经声豁倦眸。
年来音信少,梦寐忆兹游。

---

① 此诗约作于 1929 年朱自清任教于北平清华大学时。

中秋月[①]

余来旧京之年,先室人尚居白马湖。值中秋夜月甚美,男女学生放舟湖中,歌声互答,先室人索居斗室,念远伤离,情难自已,北来后每为余言之。兹追记其语,不知涕泗之何从也。

孤光今夜迥,照水倍分明。
艳曲闻莺啭,微风睹艇轻。
床空余瘦影,砌冷起蛩声。
破镜飞天上,刀头何日赓?

[①] 此诗约作于1930年10月朱自清任教于北平清华大学时,是年10月6日为中秋节。

忆诸儿[①]

平生六男女,昼夜别情牵。
逝母悲黄口,游兵警故廛。
笑啼如昨日,梨栗付谁边?
最忆迎兼迈,相离已四年。

[①] 此诗约作于1930年朱自清任教于北平清华大学时。

重过清华园西院[①]

其 一

月余断行迹,重过夕阳残。
他日轻离别,兹来恻肺肝。
居人半相识,故宇不堪看。
向晚悲风起,萧萧枯树寒。

[①] 此三诗约作于1929年底朱自清任教于北平清华大学时,刊于1930年1月4日《清华周刊》第三十二卷第十一、十二期合刊,署名言。

其 二

三年于此住,历历总堪悲。
深浅持家计,恩勤育众儿。
生涯刚及壮,沉痼竟难支。
俯仰幽明隔,白头空自期。

其 三

相从十余载,耿耿一心存。
恒值姑嫜怒,频经战伐掀。
靡他生自矢,偕老死难谖。
到此羁孤极,谁招千里魂?

除夕书感[1]

其 一

又看一岁尽,生事逐飙尘。
精力中年异,情怀百种新。
孤栖今似客,长恨不如人。
马齿明朝长,回头愧此身。

---

[1] 此诗约作于 1930 年初朱自清任教于北平清华大学时,是年除夕为 1 月 29 日。

其 二

追欢逢令节,少壮互招寻。
三径无人迹,空山绝足音。
身微青眼少,世短客愁深。
独坐萦千虑,刹那成古今。

沉 吟[①]

沉吟无一计,遣此有涯生。
发看数茎白,心期半世名。
绮怀刊不尽,胜业懒难成。
歧路频瞻顾,杨朱泪欲倾!

[①] 此诗约作于 1930 年初朱自清任教于北平清华大学时。

颉刚欲为作伐,赋此报之[①]

孤负蹇修意,回肠亦可怜。
行藏新白发,身世旧青毡。
况复多男子,宁能学少年。
此生应寂寞,随分弄丹铅。

---

① 此诗约作于1930年春朱自清任教于北平清华大学时。

蹉 跎[1]

蹉跎白日晚,去住两俱难。
尚觉春光好,能忘酒盏宽。
辟人虚宿愿,掩卷有长叹。
焉得如深井,回风不起澜。

---

[1] 此诗约作于1930年春朱自清任教于北平清华大学时。

喧　寂[①]

冥思搜象外，密谊托人间。
眼底自醒醉，群中尚往还。
未甘忘众乐，行复谢朱颜。
喧寂平生意，纷纷不可删。

---

① 此诗约作于 1930 年朱自清任教于北平清华大学时。

遐想得句,爰足成之[①]

宵分万籁静,月朗数枝稀。
翠袖当风倚,清言碎玉霏。
只缘心似水,岂畏露沾衣。
到此无人我,凭君漫是非。

---

① 此诗约作于1930年朱自清任教于北平清华大学时。

赠斐云[①]

听子一神王,滔滔舌有澜。
访书夸秘帙,经眼数精刊。
历落盘珠走,沉吟坐客看。
盛年飞动意,不觉夜将阑。

---

① 此诗约作于 1930 年朱自清任教于北平清华大学时。

厂甸庙会[①]

故都存夏正,厂市有常期。
宝藏火神庙,书城土地祠。
纵观聊驻足,展玩已移时。
回首明灯上,纷纷车马驰。

[①] 此诗约作于 1930 年朱自清任教于北平清华大学时。

所 居[1]

一室才盈丈,朝朝寝食并。
参差图籍乱,宾客往来清。
蛮语谁人作,歌声隔院萦。
明窗聊小坐,别有出尘情。

---

[1] 此诗约作于1930年朱自清任教于北平清华大学时。

有 感[①]

垂髫逢鼎革,逾壮尚烟尘。
翻覆云为雨,疮痍越共秦。
坐看蛇豕突,未息触蛮瞋。
沉饮当春日,行为离乱人。

---

① 此诗约作于 1930 年朱自清任教于北平清华大学时。

怀南中诸旧游①

旧京盛文史,贤隽集如林。
侧陋疏声气,风流忆盍簪。
辞源三峡倒,酒盏一时深。
懒寄江南信,相期印素心。

---

① 此五诗约作于1930年朱自清任教于北平清华大学时。

其二　夏丏尊

古抱当筵见，豪情百辈输。
莳花春永在，好客酒频呼。
鞮译勤铅椠，江湖忘有无。
别来尤苦忆，风味足中厨。

其三　刘延陵

呴濡泉边鲋，飘零海上鸥。
廿年悲女难，一病等俘囚。
破浪舟空往，论交孰与游。
可怜随雁鹜，频为稻粱谋。

其四　丰子恺

渊渊黄叔度，语默与时殊。
浩荡月光曲，风华儿女图。
劳歌空自惜，烂醉任人扶。
近闻依净土，还忆六凡无。

其五　叶圣陶

狷介不随俗，交亲自有真。
浮沉杯酒冷，融泄一家春。
说部声名久，精思日月新。
付余勤拣择，只恨屡因循。

寿汪公严先生六十[①]

婆娑周甲子,一老久声名。
桃李公门盛,才华举世倾。
彩衣三凤舞,椿树九春荣。
相与介眉寿,登堂献兕觥。

---

① 此诗约作于1930年朱自清任教于北平清华大学时。

又 代人作[①]

骀荡春三月,峥嵘开六旬。
雄才干气象,劲节挺松筠。
函文昔年侍,苔芩骥子亲。
皤皤南极老,戏彩乐弧辰。

[①] 此诗约作于1930年朱自清任教于北平清华大学时。

书 怀[①]

匆匆卅载熟羊胛,日月堂堂镜里看。
折足岂宜供世用,吹竽无奈为盘餐。
少年同学殊车笠,千里飞烽有哭叹。
守阙抱残心早拙,虫沙一例避应难。

---

① 此诗约作于1930年朱自清任教于北平清华大学时。

昔 游[①]

其一 小孤山

听风听水梦微醒,漠漠长天昼欲暝。
六翮浮沉云外影,一山涌现眼中青。
娉婷应惜灵肩瘦,飘拂微闻翠发馨。
廿载别来无恙否,两髦今已渐凋零。

[①] 此二诗约作于1930年朱自清任教于北平清华大学时。

其二　台州

笋舆伊轧入山城，鸡犬无声巷陌清。
漠漠春阴寒未改，微微风力梦初成。
九天上下随烟雾，一局盈亏任子枰。
何似长安万人海，年年辛苦骛浮名。

看　花[①]

两行樱杏向人明，傍路依墙各有情。
老干霞裳翩欲举，卑枝星眼倦微饧。
打衙会看千蜂醉，绕树端宜百遍行。
屈指春风来又去，此生禁得几枯荣。

---

① 此诗约作于 1930 年朱自清任教于北平清华大学时。

十九年清明后一日，为先室三十三岁生辰，薄暮出西郊，见春游车马甚盛。因念旧岁尝共游万牲园，情景犹新，为之凄恻[①]

其 一

名园去岁共春游，儿女酣嬉兴不休。
饲象弄猴劳往复，寻芳选胜与勾留。
今年身已成孤客，千里魂应忆旧侣。
三尺新坟何处是，西郊车马似川流。

---

① 此二诗约作于1930年朱自清任教于北平清华大学时。

其 二

世事纷拏新旧历,兹辰设帨忆年年。
浮生卅载忧销骨,幽室千秋梦化烟。
松槚春阴风里重,狐狸日暮陇头眠。
遥怜一昨清明节,稚子随人展墓田。

晴日乍暄,海棠盛放[①]

偷闲几度探芳讯,渐看枝头的皪明。
晴日烘人春乍暖,繁花簇锦眼频惊。
朱唇翠靥微含晕,高节幽姿总有情。
魂梦应犹萦海外,清宵风月可怜生。

---

① 此诗约作于1930年朱自清任教于北平清华大学时。

作 诗[①]

攒眉兀坐几经时,断续吟成倦不支。
獭祭陈编劳简阅,肠枯片语费矜持。
逢人便欲论甘苦,覆瓿还看供笑嗤。
中岁为诗难孟晋,只宜工拙自家知。

---

① 此诗约作于1930年朱自清任教于北平清华大学时。

赠梦琴[①]

一见能令百辈倾，元龙豪气自纵横。
廿年浪迹穷南朔，千里从戎几死生。
话旧空余髀肉叹，结交犹见古人情。
客来日日壶中满，看剑论诗醉眼明。

[①] 此诗约作于1930年朱自清任教于北平清华大学时。

盛 年[①]

盛年今已尽蹉跎,游骑无归可奈何。
转眼行看四十至,无闻还畏后生多。
前尘项背遥难望,当世权衡苦太苛。
剩欲向人贾余勇,漫将顽石自磋磨。

---

① 此诗约作于1930年朱自清任教于北平清华大学时。

题《棘心》后①

羡尔能为万里游,妙年踪迹海西头。
南欧风物无边媚,异国人情别样稠。
娓娓语同瓶水泻,绵绵恨与女牛侔。
可怜一卷供中岁,壮志幽怀两未酬。

---

① 此诗约作于1930年朱自清任教于北平清华大学时。

白马湖[①]

眼底好湖山，恍如逢故友。
丏翁诚可人，挟我共趋走。
尘怀豁然开，汲汲夫何有？
偕行才及阈，呼客不去口。
夫人从坐起，谁欤在翁后？
昔者为比邻，共惊别离久。
孑然今一身，六子失其母。
且为摘园蔬，开尊供清酒。
丏翁贤中馈，况有佳儿妇。

---

① 此诗约作于1930年夏朱自清任教于北平清华大学，暑假回南方探亲时。

咄嗟办丰膳，久别味弥厚。
亭亭四男女，稚者与我狃。
乍见不敢前，渐来依我肘。
絮絮道短长，断断辨可否。
邻舍阒无人，金床当广牖。
他年一陋室，贫贱曾相守。
旦日入山村，历历鸡与狗。
村人欢道故，犹或记谁某。
斯村亦旧居，百事忍回首。
出村诣章先，伉俪为我寿。
盘餐罗长筵，难为孟光手。
谈笑抗须眉，饮酒可一斗。
世网苦繁密，兹来如释负。
暂聚还别离，依依恋陇亩。
人生不如意，往往十八九。
夜起戴月行，湖光尚昏黝。
龙文远相送，提挈我左右。
为翁约见期，黯然望垂柳。

家大人来书，谓国庆日提灯会，共产党散传单，军士鸣枪示警，迈儿二更始归，形色仓皇，云云[①]

闻汝仓皇夜遁驰，弱龄遽已履艰危。
佳辰同庆翻传警，尽室相看乍展眉。
骨肉乖离身莫及，鱼龙曼衍事难知。
阿爷片纸寥寥语，俯仰牵情泪暗垂。

---

① 此诗约作于1930年朱自清任教于北平清华大学时。

有 感[①]

素餐日日愧儒生,中岁何心占凤鸣。
只为亲朋大好事,竟教儿女尚关情。
春冰虎尾自兢业,骢马貂裘相送迎。
造化小儿颠倒甚,万千思绪不能平。

[①] 此诗约作于1930年朱自清任教于北平清华大学时。

送吴雨僧先生赴欧洲[①]

惺惺身独醒,汲汲意恒赊。
道术希前古,文章轻世华。
他山求玉错,万里走雷车。
短翮难翻举,临歧恨倍加。

---

① 此诗约作于 1930 年 9 月朱自清任教于北平清华大学时。

无 题[1]

娿娜腰肢瘦一围,入时鞋履海红衣。
盈盈巧笑朱唇晕,脉脉无言慧眼微。
渐哢歌喉莺语滑,长留余韵栋尘飞。
沉吟踯躅浑疑梦,荏染东风细雨霏。

---

[1] 此诗约作于1930年10月朱自清任教于北平清华大学时。

平伯家进豆糜粥[①]

俨然松粉香喷鼻,遥想青青出釜时。
火钵承筐纤手泻,磨床堆雪尺涎垂。
碧鲜照箸调秔粥,软滑经唇厌肉糜。
此是浙西好风味,主人分惠不忘之。

---

① 此诗约作于1930年朱自清任教于北平清华大学时。

无 题[①]

五载闻声思渺绵，一从相见意难捐。
亭亭寒菊秋风里，漠漠飞鸿白日边。
伫苦停辛频阅世，微颦浅笑亦随缘。
沉吟莫测君心曲，泣路悲丝只自怜。

[①] 此诗约作于 1930 年 10 月朱自清任教于北平清华大学时。

赠阿满[①]

当年怜汝太娇痴,再见依稀似昔时。
且看尔翁开口笑,曾共吾子逐群嬉。
月明携手浑忘倦,夜起牵衣未忍辞。
最应关情叶子戏,三朝捉鬼打驴儿。

---

① 此诗约作于 1930 年朱自清任教于北平清华大学时。

梦 回[①]

梦回热泪如泉涌,追忆当时只渺茫。
往复定公伤逝句,依希之子过时妆。
满胸肮脏君应晓,半世行藏孰与商。
何限情怀归一涕,眼中天地顿清凉。

[①] 此诗约作于 1930 年朱自清任教于北平清华大学时。

竹隐以红叶见寄,赋此奉答[①]

其 一

文书不放此身闲,秋叶空教红满山。
片片逢君相寄与,始知天意未全悭。

其 二

薜荔丹枫各自妍,缤纷更看锦丝缠。
遥思素手安排处,定费灵心几折旋。

---

① 此三诗约作于1930年朱自清任教于北平清华大学时。

其 三

经年离索黯营魂,飒飒西风昼掩门。
此日开缄应自诧,些须秋色胜春温。

述 怀[①]

秋水粼粼似镜寒,西风作意鼓惊湍。
无端后浪催前浪,是处长滩逐短滩。
起伏暗能销日月,回旋渐已减波澜。
奔流到海应回顾,一片苍茫觅岸难。

[①] 此诗约作于 1930 年朱自清任教于北平清华大学时。

胃 疾[1]

年来自谓健于人,口腹居然累此身。
中夜时时惊梦寐,百骸历历见艰辛。
医家苦口耳能熟,朋友关心意未伸。
饕餮乃今犹似旧,生平万事误因循。

---

[1] 此诗约作于1930年朱自清任教于北平清华大学时。

虞美人[①]

月华如水笼轻雾,
人静闻砧杵。
琼楼玉宇说当年,
剩有颓垣废井草芊芊。

天边野火明还灭,
惹起愁千结。
行行高柳寂无声,
又是清秋院落夜三更。

---

① 此词作于1926年11月2日朱自清任教于北京清华大学时。

虞美人[①]

西风衰柳斜阳影,
帘卷重门静。
澹云远水隔烟岚,
遥望群山尽处是江南。

年时消息浑难据,
莽莽天涯路。
凭栏漫听乱鸦啼,
一任无情无绪没人知。

---

① 此词作于1926年11月11日朱自清任教于北京清华大学时。

虞美人[①]

画楼残烛催人去，
执手都无语。
帘前惊雁一声寒，
记取旧愁新恨两眉弯。

逢君只说江南好，
月冷花枝袅。
脂车明日隔天涯，
却念江南微雨梦回时。

[①] 此词作于 1926 年 11 月 20 日朱自清任教于北京清华大学时。

虞美人[1]

其 一

天涯消息无凭准,
冷暖谁相问。
西风草草数行书,
此日心情知似旧时无。

新来秋与人俱瘦,
门掩黄昏后。

---

[1] 此词作于 1926 年 11 月 28 日朱自清任教于北京清华大学时。

灯前儿女共清欢,

独自斜行小字劝加餐。

28 日倚枕竟夕不能寐,因赋二阕

其　二

芙蓉老去秋江暮,

江上青无数。

片帆长是隔风烟,

镇日悄无人处倚阑干。

梦魂欲去何时到,

月冷关山悄。

小楼欹枕背银灯,

怕听花间更漏一声声。

虞美人①

烟尘千里愁何极,
镇日无消息。
可怜弱絮不禁风,
几度抛家傍路各西东。

一身匏系长安道,
归思空萦绕。
梦魂应不隔关山,
却又衾寒灯灺漏声残。

1927年,南归津浦车中作

---

① 此词作于1927年1月朱自清自北京返乡接眷时。

虞美人[①]

千山一霎头都白,
照彻离人色。
宵来陌上走雷车,
尽是摩挲两眼梦还家。

如今又上江南路,
乍听吴娃语。
暗中独自计归程,
蓦地依依怯怯近乡情。

宁沪车中作

---

① 此词作于 1927 年 1 月朱自清自北京返乡接眷时。

虞美人①

三年相别还相见,
乍见翻难辨。
殷勤执手语丝长,
人世白云苍狗两茫茫。

君看我已非年少,
马足关河老。
与君意气一时深,
吸取眼前光景莫沉吟。

宁沪车中赠盛蘅君

---

① 此词作于1927年1月朱自清自北京返乡接眷时。

李白菩萨蛮①

烟笼远树浑如幂,
青山一桁无颜色。
日暮倚楼头,
暗惊天下秋。

半庭黄叶积,
阵阵鸦啼急。
踯躅计征程,
嘶骢何处行。

---

① 此词作于 1927 年 5 月 31 日朱自清任教于北京清华大学时。

张志和渔歌子[①]

红树青山理钓丝,
扁舟流水任东西。
微雨过,夕阳迟,
酡颜一笑脱蓑衣。

[①] 此词作于 1927 年 6 月 2 日朱自清任教于北京清华大学时。

温庭筠菩萨蛮[①]

云屏玉枕金猊冷,
轻匀睡脸羞鸾镜。
依约渡头山,
春风吹梦残。

纤纤凝皓腕,
红袖高楼晚。
芳草满天涯,
绣帘长自垂。

[①] 此词作于 1927 年 6 月 10 日朱自清任教于北京清华大学时。

前人更漏子[①]

锦衾寒，鸳枕腻，
红烛摇摇欲醉。
微雨暗，小风喧，
纸窗花又残。

携手处，江头路，
知否几番凝伫！
一夜夜，一更更，
思量梦不成。

---

① 此词作于1927年6月23日朱自清任教于北京清华大学时。

前人河传[①]

双桨,无恙。
路迢迢,流水溪桥,寂寥,
欲言不言魂暗消。
朝朝,去来潮两遭。

碧柳丝丝风里乱,
莺语缓,望断归舟远。
叶盈枝,花满蹊,
逦迆,昔年郎马蹄。

[①] 此词作于1927年7月2日朱自清任教于北京清华大学时。

韦庄菩萨蛮[①]

春风又绿江南草,
游人竞放江南棹。
微雨柳如烟,
帘前燕子闲。

酒边明翠靥,
宛转黄莺舌。
挥手水天长,
今生老异乡。

[①] 此词作于1927年7月9日朱自清任教于北京清华大学时,并刊于1929年11月30日《清华周刊》第32卷7期。

薛昭蕴浣溪沙[①]

望眼河桥思不禁,
满天飞絮昼惜惜。
闲听流水写清音。
小雨空催春涨急,
朱唇旋涴酒杯深。
又看微月上遥岑。

---

① 此词作于1927年7月12日朱自清任教于北京清华大学时。

牛峤菩萨蛮用原韵[①]

仙裙双舞泥金凤,
呢喃燕子惊人梦。
狂絮逐风飞,
玉骢何日归?

无言匀粉泪,
春入眉峰翠。
几度忆辽阳,
金堂日影长。

---

① 此词作于1927年7月14日朱自清任教于北京清华大学时。

张泌江城子[①]

小红桥畔见伊行,
水盈盈,远峰青。
一缕春云,
低绕碧天生。
却去问卿今许未?
轻笑道,莫相惊。

---

① 此词作于1927年8月3日朱自清任教于北京清华大学时。

牛希济生查子[①]

平林余薄烟,
天际山如埽。
残月尚窥人,
粉泪流多少?

语喁喁,情悄悄,
携手难分晓。
应念缕金裙,
凤舞双双老。

---

① 此词作于1927年8月6日朱自清任教于北京清华大学时。

欧阳炯浣溪沙[①]

绿暗红稀絮似烟,
眼饧眉倦屡思眠。
轻风敲竹小窗前。

翡翠屏闲成独掩,
鸳鸯枕冷惜云鬟。
一心长是在伊边。

[①] 此词作于1927年10月7日朱自清任教于北京清华大学时。

春①

T. Nashe

芳春盛仪态，仿佛南面王；
万物含欣悦，环舞多女郎；
余寒不侵人，鸟语何悠扬！
维彼棕与枳，绕屋生姿媚；
羔羊跃以嬉，牧笛终日吹；
时闻啼鸟声，啁啾自适意。
田野芬芳多，雏菊亲人足；
少年相欢会，老妇迎初旭；
处处鸟齐鸣，听此芳春曲！

---

① 自此诗至《短歌》五首为译诗。

游 仙

W. Shakespeare

到处采蜜随群蜂:
莲香花瓣圆如钟,
昼卧夜伏枭鸣汹,
蝙蝠背上飞雏雏,
冉冉长夏乐何浓。
今日乐相乐,枝头花正开;
摇荡微风里,吾将归去来!

时与爱

前 人

吾观时之灵，摧残肆毒手，
昔日余劫灰，繁华不可久；
高塔良崔嵬，堕地忽如朽，
精金宜永固，难脱生灭口；
吾观沧海波，滔滔若饥虎，
吞岸势莫当，陆沉变今古；
吾观茫茫水，行复扬尘土，
成毁如转轮，历劫不可数；
吾观万物情，错综难究诘，
物复各自化，暗中消其质；

吾观是诸相,沉吟苦无术——
惟恐夺吾爱,时乎来何疾;
此意诚可念,宛然死相制;
奈何得失心,一哀乃出涕。

牧羊儿恋歌

C. Mailowe

愿君爱予，来与同兮，
举目四顾，乐无穷兮；
陵谷窈窕，田畴旷兮，
群峰嶔奇，纷异状兮。

并肩岩上，望羊群兮，
牧儿蹀躞，肆微勤兮；
清流回互，漱寒玉兮，
鸟语如簧，奏丽曲兮。

采采玫瑰，为君床兮，
芳香千束，寘君旁兮；

花冠袅娜，襦裳飘兮，
榴叶为缘，永不凋兮。

相彼羔羊，白如膏兮，
取彼柔毳，为君袍兮；
暖屟轻盈，以御寒兮，
精金为扣，众星攒兮。

编草为带，杂纤藤兮，
珊瑚为钩，琥珀棱兮；
苟兹众乐，悦君衷兮，
愿君爱予，来与同兮。

惟君与我，食方丈兮，
珍羞具陈，神所享兮；
银盘的皪，象耳案兮，
与君共席，旦复旦兮。

牧羊少年，为君聚兮，
岁岁春晨，歌且舞兮；
苟兹乐事，感君衷兮，
愿君爱予，来与同兮。

短 歌

W. Shakespeare

老年之丑劣,

难与少年匹;

少年足欢欣,

老年维懔栗;

少年夏之朝,

老年冬之容,

少年如盛夏,

老年如穷冬;

少年乐事足,

老年生意促,

少何敏捷老逡巡；
少年肝胆热，
老年心情竭，
少何疏野老温驯：——
老年，吾恨汝，
少年，吾颂汝；
嗟乎吾爱，少年娘！
老年，吾讼汝——
嗟乎牧儿，吾督汝，
念汝因循何久长。

犹贤博弈斋诗钞

漓江绝句[①]

其 一

招携南渡乱烽催,碌碌湘衡小住才。
谁分漓江清浅水,征人又照鬓丝来。

其 二

龟行蜗步百丈长,蒲伏压篙黄头郎。
上滩哀响动山谷,不是猿声也断肠。

上水船

[①] 此四诗作于 1938 年 2 月 25 日朱自清自长沙南下赴昆明途经广西南宁时。刊于 1948 年 10 月《文学杂志》第三卷第五期。

其　三

九折屏风水一方，绝无依傍上穹苍。
妃黔俪白荆关笔，点染烟云独擅场。

画山

其　四

皮鼓蓬蓬彻九幽，百夫争扛木龙头。
齐心高唱祈年曲，自听劳歌自送愁。

龙门夜泊观神赛

1938 年南宁作

南岳方广道中寄内作①

勒住群山一径分,乍行幽谷忽干云。
刚肠也学青峰样,百折千回却忆君。

1939 年作②

---

① 此诗作于 1937 年 12 月 17 日,记 12 月 11 日至 13 日登南岳衡山事。刊于 1948 年 10 月《文学杂志》第三卷第五期。
② 稿本诗题后有"廿八年作"字样。此"廿八年"与"1939 年"疑为笔误,又或为修改日期。

题白石山翁作《墨志楼刊经图》①

其 一

色空了了俱无碍,一卷心经摄万喧。
应是解人难觅得,只凭顽石寄微言。

其 二

百炼钢成绕指柔,纵横铁笔压神州。
山翁意气无前古,今见薪传墨志楼。

1940 年成都作

---

① 此二诗作于 1940 年下半年朱自清在成都休假时。

题白石山翁为墨志楼主作《万里归帆图》[①]

其 一

曾是边陲百战身，竭来湖海漫游人。
慈亲色笑朝朝共，客子生涯事事新。

其 二

访罗书画日不足，刻划金石愿无违。
一朝兴尽理归棹，江流浩淼片帆肥。

---

① 此二诗作于1940年下半年朱自清在成都休假时。

重九邓晋康主任招饮康庄[①]

其 一

将军有丘壑，小筑百花潭。
松竹自多胜，风流昔所谙。
逢辰集健侣，对酒唱高谈。
异日烽烟静，追思此味醰。

---

① 此二诗作于 1940 年 10 月朱自清在成都休假时。

其 二

意多嫌世短,况值百端新。
西陆龙蛇起,东夷狐鼠亲。
同心愿久视,戮力靖嚣尘。
国庆明朝又,举杯寿万春。

公权四十三岁初度,有诗见示。悉属同庚,余怀枨触,依韵奉酬[①]

其 一

卅年今见海扬尘,劫里凭谁问果因?
猿鹤沙虫应定分,白云苍狗漫疑真。
荆榛塞眼不知路,风雨打头宁顾身。
安得巨灵开世界,再抟黄土再为人。

[①] 此三诗作于 1940 年 12 月朱自清在成都休假时,刊于 1948 年 10 月《文学杂志》第三卷第五期。

其 二

堂堂岁月暗消磨,已分无闻井不波。
八口累人前事拙,一时脱颖后生多。
东西衣食驴推磨,朝夜丹铅鼠饮河。
剩简零编亦何补?且看茅屋学牵萝。

其 三

与君难得旧相知,贻我连篇慷慨辞。
尽有文章能寿世,那教酒脯患无赀。
书生本色原同病,处士高风夙所迟。
咫尺城闉艰一面,天寒日短苦萦思。

得逖生书作,次公权韵①

其 一

见说新从海上回,一时幽抱为君开。
彩衣逶迤归亲舍,絮语依微傍镜台。
岂肯声光闲里掷,不辞辛苦贼中来。
匹夫自有兴亡责,错节盘根况此才。

---

① 此二诗作于 1941 年 3 月 8 日朱自清在成都休假时。

其 二

里巷愔愔昼掩扉,狂且满市共君违。
沐猴冠带心甘死,逐鹿刀锥色欲飞。
南朔纷纷丘貉聚,日星炳炳爝光微。
沉吟曩昔欢娱地,犹剩缁尘染敝衣。

过公权守愚郊居[①]

春城如海不关渠,乘兴来寻二仲居。
宿疾萦心筋力在,盘餐兼味笑谈余。
爬梳旧梦颜能驻,拊掌时流习未除。
世变几人相呴沫,清言胜读十年书。

---

① 此诗作于1941年3月16日朱自清在成都休假时。

寄小孟,次公权韵[①]

贫病相寻意兴悭,栖栖倦翮未飞还。
屠龙手有风云气,戴笠人逢饭颗山。
百岁客居当贵我,一官鲍系且偷闲。
君房语妙兼天下,伏枕维摩应解颜。

---

① 此诗作于1941年3月29日朱自清在成都休假时。

夜 坐[①]

其 一

挂眼千家黑,娱魂一焰青。
群鼾成隔世,瘦影独横经。
日出还生事,天高有鉄翎。
狺狺勿相警,微尚付沉冥。

---

① 此二诗作于1941年4月5日朱自清在成都休假时,刊于1948年10月《文学杂志》第三卷第五期。

其 二

吾生为事畜,廿载骨皮存。
圭角磨看尽,襟怀惨不温。
追欢惭少壮,守道枉朝昏。
剩学痴聋老,随缘寐莫喧。

圣陶为言今年少城公园海棠甚盛,恨未及观。递公权见和之作,有"各自看花一畅言"语,再叠前韵奉答,并示圣陶[①]

闭门拼自守穷悭,车马街头任往还。
春讯委蛇来有脚,忧端颒洞欲齐山。
城南锦帐空传道,西蜀名花付等闲。
苦忆旧都三四月,几回绕树笑酡颜。

---

① 此诗作于1941年4月7日朱自清在成都休假时。

圣陶颇以近作多苦言为病，试为好语自娱，兼示圣陶、公权，三叠颜字韵[①]

此生未合恨缘悭，饱阅沧桑抵九还。
天上重开新日月，人间无限好江山。
惊心战士三年血，了事痴儿四体闲。
竞说今春佳气盛，烟尘长望莫摧颜。

[①] 此诗作于1941年4月14日朱自清在成都休假时。

成都有作舞会者,因忆清华园旧事,戏柬小孟,即次见和韵[①]

裙屐蹁跹迹已陈,频年判袂走风尘。
逢场作戏童心灭,逐处为家白发新。
病起应嗟髀上肉,路遥难共蜀西春。
华园旧侣多才艺,余事成诗亦胜人。

---

① 此诗作于1941年4月15日朱自清在成都休假时。

公权寄示《呓语》二章，叠颜字韵奉答[①]

信有高言破众悭，飘然尘外羽衣还。
旧乡临眍隍中梦，云气低徊海上山。
炊熟尽成无量劫，河清能得几生闲？
蟪蛄只解贪朝暮，岳岳儒冠照苦颜。

---

① 此诗作于 1941 年 4 月 16 日前后朱自清在成都休假时。

公权寄和近作，辞意新警，感慨遥深，雒诵再三，情难自已。辄取诗中语成《明镜》一章，倒叠颜字韵奉酬[①]

繁霜压鬓换朱颜，千里鱼行岂自闲。
仰屋有人余作茧，埋忧无计只看山。
苍天板板高难问，白水滔滔逝不还。
炙輠凭教劳笔舌，镜中争奈带围悭。

---

① 此诗作于1941年4月20日朱自清在成都休假时。

近怀示圣陶[①]

少小婴忧患，老成到肝腑。
欢娱非我分，顾影行踽踽。
所期竭驽骀，黾勉自建树。
人一己十百，讵计犬与虎。
涉世二十年，仅仅支门户。
多谢天人厚，怡然嚼脩脯。
山崩溟海沸，玄黄战大宇。
健儿死国事，头颅掷不数。
弦诵幸未绝，竖儒犹仰俯。
累迁来锦城，萧然始环堵。
索米米如珠，敝衣余几缕。

---

① 此诗作于1941年4月22日朱自清在成都休假时。

老父沦陷中，残烛风前舞。
儿女七八辈，东西不相睹。
众口争嗷嗷，娇婴犹在乳。
百物价如狂，踸踔孰能主？
不忧食无肉，亦有菜园肚。
不忧出无车，亦有健步武。
只恐无米炊，万念日旁午。
况复三间屋，蹙如口鼻聚。
有声岂能聋，有影岂能瞽？
妇雉逐鸡狗，攫人如网罟。
况复地有毛，卑湿丛病蛊。
终岁闻呻吟，心裂脑为盬。
赣鄂频捷音，今年驱丑虏。
天不亡中国，微忱寄干橹。
区区抱经人，于世百无补。
死生等蝼蚁，草木同朽腐。
蝼蚁自贪生，亦知爱吾土。
鲋鱼卧涸辙，尚以沫相呴。
勿怪多苦言，喋喋忘其苦。
不如意八九，可语人三五。
惟子幸听我，骨鲠快一吐。

逖生来书，眷怀清华园旧迹，有"五年前事浑如一梦"语，因成长句，寄逖生、化成[①]

茅檐坐雨苦岑寂，发书三复如快晴。
满纸琐屑俨晤对，五年前事增眼明。
群居休沐偶佳抱，叶子四色盈手轻。
各殚智巧角胜负，一往不觉宵峥嵘。
浦子此中斫轮手，寝馈甘苦精权衡。
兴来更学仙山舞，周旋进止随鼓鸣。
觓然角弓或张弛，无益聊遣有涯生。
王子觥觥最好客，广庭夏屋来众英。

---

① 此诗作于1941年4月28日朱自清在成都休假时。

绿草芊绵敷坐软，高柳窈窕悬镫莹。
入室汪洋陂十顷，照坐依稀镜一泓。
主人绝技汤团擅，流匙滑口甘如饧。
大蔵长鱼续罗列，座上朵颐肠欲撑。
尚忆当年作除日，登场粉墨歌喉清。
鲰生整蘧逐履舃，平话唠叨供解酲。
逸兴遄飞夜既午，新岁旧岁相送迎。
门前执手道珍重，低徊踯躅难为行。
五年忧患压梦破，故都梦影森纵横。
搛拾破碎胜无有，刺刺敢辞痴人名。

初作长句，寄示公权求教，戏媵一绝。
新词变体学《离骚》，公权定风波句也①

新词变体学《离骚》，长句初成笔颤毫。
举鼎自知应绝脰，先生有兴肯吹毛？

---

① 此诗作于1941年4月28日朱自清在成都休假时。

再叠颜字韵答公权戏赠之作，兼谢观澄先生[①]

梧鼠心知五技悭，抛砖好语掷珠还。
天孙锦美针无迹，笔阵图成簧覆山。
秩秩足音传空响，啾啾蚓唱倚身闲。
忽闻匠石求樗栎，只供狂酲一赧颜。

---

① 此诗约作于 1941 年 5 月 9 日前后朱自清在成都休假时。

赠圣陶[1]

平生游旧各短长，君谦而光狷者行。
我始识君歇浦旁，羡君卓尔盛文章。
讷讷向人锋敛铓，亲炙乃窥中所藏。
小无町畦大知方，不茹柔亦不吐刚。
西湖风冷庸何伤，水色山光足彷徉。
归来一室对短床，上下古今与翱翔。
曾无几何参与商，旧雨重来日月将。
君居停我情汪洋，更有贤妇罗酒浆。
嗟我驰驱如捕亡，倚装恨未罄衷肠。

---

[1] 此诗作于1941年5月10日朱自清在成都休假时。刊于1948年10月《文学杂志》第三卷第五期。

世运剥复气初扬,咄尔倭奴何猖狂。
不得其死者强梁,三年血战胜算彰。
烽火纵横忽一乡,锦城东西遥相望。
悲欢廿载浩穰穰,章句时复同参详。
百变襟期自堂堂,谈言微中相扶匡。
通局从知否或臧,为君黾勉图自强。
浮云聚散理不常,珍重寸阴应料量。
寻山旧愿便须偿,峨眉绝顶倾壶觞。

圣陶示《偶成》一章，超世而不出世，所感甚深，即次原韵奉答，并效其体[①]

驺衍谈天识世变，陶公饮菊期年长。
达观无可无不可，日用知常守其常。
破山雷霆响未彻，嚼肤蚊蚋痒难忘。
米盐事殚酸生活，方寸心亦今战场。

[①] 此诗作于1941年5月12日朱自清在成都休假时。

公权寄示戏赠小孟之作,即次其韵[①]

萧君示我诗,称君得妙悟。
割爱淡芭菰,并意必我固。
袈裟欠一领,便欲到圣处。
尘网苦缠人,身沉孰能去。
惟君仗慧剑,一决断万虑。
明镜固非台,菩提亦无树。
直指见本心,寂然泯去住。
月华双照烁,惟是眼懵故。
风幡各飘摇,惟是心动故。

---

① 此诗作于 1941 年 6 月 3 日朱自清在成都休假时。

见性自相非，得道何须助。
成亏余等闲，空有归吐茹。
卓立示化身，旋看脱顽痼。
嗟我斗筲人，愁心幻如絮。
衣食横羁锁，沉吟阅朝暮。
触处成墙面，徘徊不能步。
安得从君游，俾我忘喜怒。

为某女士题纪念册[①]

叶叶长看墨沈新,一时俊彦此留真。
句图历落如珠颗,供养三生慧业人。

---

① 此诗约作于1941年6月初朱自清在成都休假时。

伯鹰有诗见及，次韵奉酬[①]

其 一

梦痕黯澹杂烟痕，一片江山眼未昏。
惭愧书生徒索米，雕镌文字说冤恩。

其 二

今世书生土不殊，鸡栖独乘日驰驱。
问津未识谁沮溺，登垄争看贱丈夫。

---

① 此二诗约作于 1941 年 6 月初朱自清在成都休假时。

答逖生见寄,次公权韵①

其 一

几日天河见洗兵?杜陵心事托平生。
旧都历劫残宵梦,佳节思乡戛玉声。
倚涧苍松得地厚,朝阳丹凤待时鸣。
雄才小试还乡记,已看文无一笔平。

---

① 此二诗约作于1941年6月6日朱自清在成都休假时。

其 二

齿牙分惠并标题,狡狯庄生论物齐。
斥鷃有心随凤鸟,人间何处得天梯。
渊冰凛凛酬高唱,风雨潇潇听晓鸡。
欲颂中兴才力薄,妖乌坐看已沉西。

公权戏赠二绝,次韵奉酬[①]

其 一

浪学涂鸦昧法程,无端羽族独钟情。
禽言啁哳榆枋际,那识雍容凤哕声。

其 二

物外高吟百尺坛,幽人论世总从宽。
养禽只合谋升斗,未敢培风学乘鸾。

---

① 此诗作于 1941 年 6 月 7 日朱自清在成都休假时。

夏夜次公权韵[①]

电舌破天时一吐,望穿万眼无滴雨。
抛书分得农圃忧,敢言肥瘠非吾土。
挥汗还沾葛衣透,摇箑难驱众蚊语。
一身辛苦何足道,所忧衣食民父母。
忆昔浙中山映水,举家矮屋听更鼓。
绕屋水田热比汤,昼夜熏蒸那遣暑。
田中蚊蚋伸长喙,嘬人辄病十之五。
呛鼻浓烟徒木屑,遮风斗帐枉绤纻。
蚊阵长驱可奈何,任凭宰割肉登俎。

[①] 此诗作于1941年夏朱自清在成都休假时,刊于1948年10月《文学杂志》第三卷第五期。

天地不仁古所叹，喋喋何当穷墨楮。
侵肤溽热生创痏，彻旦呻吟摩臂股。
当时眼孔如豆大，切齿蹙眉不胜苦。
自从移家入旧都，蕞尔丑类莫余侮。
名园暑夕清风生，促坐不劳挥玉麈。
镫明夜静独摊书，片语会心色飞舞。
窗外婀娜摇细竹，壁间窸窣鸣饥鼠。
解渴已办冰梅汤，沁人齿颊一丝醾。
平生知慕马少游，此情合入无双谱。
读倦开门自盘散，高树微凉侵肺腑。
相逢不寐人两三，亹亹清谈忘夜午。
苦乐相形只及身，庶民饥寒岂关汝。
御侮今知赖众擎，匹妇匹夫宜得所。
足衣足食安危系，奈何连年成饥阻。
但愿人定回雨旸，千仓万箱盈天府。

次韵公权寄怀[1]

裈中一虱蠕蠕起，数墨寻行缘蜀纸。
四十三年断梗因，一往苍凉黯罗绮。
中年哀乐不由人，障目烟尘愁旖旎。
哀梨并剪快无匹，学步邯郸由失喜。
君诗成癖正法眼，嗟我狂禅奚所止。
昔耽博弈今韵言，五雀六燕毋宁似。
无心诗国求人爵，着意风檐消剩晷。
不材未堪为世用，愿学杨生谋重己。
举家飘泊风前絮，歧路纵横雾中花。

---

[1] 此诗作于1941年夏朱自清在成都休假时，刊于1948年10月《文学杂志》第三卷第五期。

尝闻遣兴莫过诗，石恶自甘贪疢美。
但恨力绌心有余，枯毫倔强难驱使。
颜回坐忘不可期，排遣牢愁尚赖此。
饾饤字句付诗筒，敢言投桃报以李。
候虫唧唧吟秋砌，六义茫然况四始。
人生相怜亦自怜，从古细民心同理。
兴亡云有匹夫责，索居常畏十手指。
道是堂堂七尺躯，未许偷闲牖下死。
阴晴变幻信多端，世事楸枰凭着子。
穷通呫嗫只费辞，无补时艰何待揣。
吾侪诗为知者道，不足流传供噉訾。
倡予和汝莫相忘，心声应是无遐迩。
惟君琢磨功日富，出口清圆玉有泚。
跛鳖曳尾泥途中，蹒跚还笑雕虫技。

绍谷书来，谓即携夫人至锦城，因讯近居，赋此寄怀[①]

其 一

少年同学气如虹，川媚山辉挹不穷。
众里推襟惭只眼，世间垂涕有弯弓。
画眉时倩张郎笔，投辖长钦孟母风。
雍穆一门能醉客，难忘酒醒日生东。

[①] 此二诗作于1941年夏朱自清在成都休假时，刊于1948年10月《文学杂志》第三卷第五期。

其 二

朔南廿载几分驰,断续鳞鸿系梦思。
雅兴平生在湖海,好怀随处得酣嬉。
裨谌谋野看经国,刘晏亲民见远规。
闻道同车来问讯,望江楼畔一轩眉。

将离示石荪,石荪绳离别之苦,劝勿行[①]

阴晴圆缺古来有,却笑东坡怨不禁。
常住团圞天上月,谁听专一匣中琴。
村居爱数更长短,客至凭斟酒浅深。
彼是相因感世味,新欢久别费沉吟。

---

① 此诗作于1941年夏朱自清在成都休假时。

偶　成[①]

应学禅和子,墙头一口横。
生涯成苦笑,日月有吞声。
忍泪稻粱咽,回肠魂梦惊。
襟期东海鳖,余共井中明。

[①] 此诗作于 1941 年夏朱自清在成都休假时。

寿张志和四十九岁生日。志和邛崃人，幼学陆军，辛亥参与革命，洊升师长，驻江津，颇得民望。尝立小学于邛，以纪念其尊人。卸军职后，游历各国，于国际政治盖三致意焉[①]

其 一

少年已尽孙吴妙，一剑纵横与鼎新。
腹有诗书悬史镜，民登衽席乐阳春。
文翁教化能成俗，梓里菁莪为显亲。
觇国还游大瀛海，蟠胸得失自嶙峋。

[①] 此二诗作于1941年8月朱自清在成都休假时。

其 二

自强不息暮复朝,健步直追时与潮。
谁谓逾年即知命,犹堪短后争射雕。
妻贤儿好家之富,人杰地灵古所昭。
斑衣娱母会宾侣,共醉潇江水满瓢。

滇南临安酸石榴最美，曩在蒙自，驻军方营长曾以见贻，今三年不尝此味矣①

避寇犹能谋饮啄，滇南异味石榴酸。
雄姿英发承推食，绛玉魁奇似聚峦。
不数黄柑三百颗，长留微齼一千般。
频年相忆天涯客，薇藿充肠见汝难。

---

① 此诗约作于1941年8月朱自清在成都休假时。

次韵答公权[①]

芭蕉照眼喜相过,挥扇谈诗诗有魔。
家国卅年留迹永,才华八斗呕心多。
澄清天下兹余事,钻仰儒宗列二科。
攻错他山依片石,铅刀从此割如何。

---

① 此诗约作于1941年8月朱自清在成都休假时。

桂 湖[①]

其 一

流风筇杖仰天南,庙貌湖光此共参。
总录丹铅破万卷,千秋才士论升庵。

其 二

列桂轮囷水不孤,玲珑亭馆画争如。
蟠胸丘壑民偕乐,遗爱犹传张奉书。

---

① 此二诗约作于1941年8月朱自清在成都休假时。

寄怀平伯北平[①]

其 一

思君直溯论交始,明圣湖边两少年。
刻意作诗新律吕,随时结伴小游仙。
桨声打彻秦淮水,浪影看浮瀛海船。
等是分襟今昔异,念家山破梦成烟。

[①] 此三诗约作于 1941 年 8 月朱自清在成都休假时,刊于 1948 年 10 月《文学杂志》第三卷第五期。

其 二

延誉凭君列上庠,古槐书屋久彷徨。
斜阳远巷人踪少,夜语昏镫意絮长。
西郭移居邻有德,南园共食水相忘。
平生爱我君为最,不止津梁百一方。

其 三

忽看烽燧漫天开,如鲫群贤南渡来。
亲老一身娱定省,庭空三径掩莓苔。
经年兀兀仍孤诣,举世茫茫有百哀。
引领朔风知劲草,何当执手话沉灰。

以《两周金文辞大系图录》贻墨志楼主人,时将去成都[①]

其 一

论交存古道,稠叠故人情。
岳岳丘山重,盈盈潭水生。

[①] 底本以此二绝句为一首诗,误。此二诗约作于1941年9月朱自清在成都休假期满即将返回昆明时。

其 二

插架足璆珍,风流异代亲。
吉金三百影,留赠赏音人。

别圣陶,次见赠韵[①]

其 一

论交略形迹,语默见君真。
同作天涯客,长怀东海滨。
贪吟诗句拙,酣饮酒筒醇。
一载成都路,相偕意态新。

岷江舟中作

[①] 此二诗约作于 1941 年 10 月朱自清在成都休假期满即将返昆明时。

其 二

我是客中客,凭君慰沉寥。
情深河渎水,路隔短长桥。
小聚还轻别,清言难重招。
此心如老树,郁郁结枝条。

公权次寄怀平伯韵赠别,叠韵奉答[①]

其 一

隽语徒闻物不迁,奈何聚散自年年。
寻山霞客非吾愿,投笔班生已上仙。
千里携家来蜀道,三秋顾影放江船。
乱中轻别真堪悔,回首蓉城一点烟。

---

① 此三诗约作于1941年10月朱自清在成都休假将返昆明时。

其 二

里仁为美供胶庠,旧苑星罗各徜徉。
食谱精修碑在口,花畦偶过日初长。
碎金照眼难相即,妙手穿杨未可忘。
亦是平生一缘法,经年倡和到殊方。

其 三

乐事诗筒日日开,闭门几度绿衣来。
交疏深酿愁闲味,读罢闲巡砌上苔。
新句瑰奇神忽王,中年慷慨语多哀。
相期酬酢依前例,尚有雕虫意未灰。

好梦再叠何字韵 并序①

九月日夕,自成都抵叙永,甫得就榻酣眠,迩日饱饫肥甘,积食致梦,达旦不绝,梦境不能悉忆,只觉游目骋怀耳。

山阴道上一宵过,菜圃羊蹄乱睡魔。
弱岁情怀偕日丽,承平风物殢人多。
鱼龙曼衍欢无极,觉梦悬殊事有科。
但恨此宵难再得,劳生敢计醒如何?

叙永作

---

① 此诗作于1941年10月朱自清在成都休假结束,返回昆明途中。

赠李铁夫[①]

董家山舍几悠游,见说豪情胜辈流。
载我倭迟下岷水,共君磊落数雄州。
盘涡出入开心眼,抵掌从容散客愁。
独去滇南无限路,主人长忆孟公俦。

---

① 此诗作于1941年10月朱自清在成都休假结束,返回昆明途中。

发叙永,车中寄铁夫①

堂庑恢廓盘餐美,十日栖迟不忆家。
忽报飙轮迎户外,遂教襆被去天涯。
整装众手争俄顷,握别常言乘一哗。
如此匆匆奈何许,登车回首屡长嗟。

---

① 此诗作于1941年10月朱自清在成都休假结束,返回昆明途中。

忆宜宾公园中木芙蓉作,次公权暨介弟公逊倡和韵[①]

风流遥想谢家塘,异地经时草有霜。
一树墙边红欲坠,几番眼底影偏长。
戎州走马看秋老,客路逢花觉土香。
蜀锦温馨怜片段,他年同赋更何方。

昆明作

---

① 此诗作于1941年底朱自清在昆明西南联合大学任教时。

妇难为，戏示公权[①]

妇詈翻成幼妇辞，却怜今日妇难为。
米盐价逐春潮涨，奴仆星争皎月奇。
长伺家公狙喜怒，剩看稚子色寒饥。
闲嗔薄恝犹论罪，安得诗人是女儿。

1942 年作

[①] 此诗约作于 1942 年 1 月 8 日朱自清在昆明西南联合大学任教时。

前作意有未尽，续成一章，叠前韵[①]

入室时闻有谪辞，逢人辄道妇难为。
不甘弱羽笼中老，曾是明珠掌上奇。
夫婿自怜牛马走，宾朋谁疗梦魂饥。
温柔乡冷荆榛渐，奈此平生好半儿。

---

① 此诗作于 1942 年 1 月 9 日前后朱自清在昆明西南联合大学任教时。

蜡梅,次公权韵[①]

最爱平生黄蜡梅,和风和雪数枝开。
蜜脾细沁甜滋味,金罄微怜旧馆台。
天远翻惊春至早,地温只见日烘来。
瓦瓶谁遣撩人意,可奈新停浊酒杯。

---

① 此诗约作于 1942 年初朱自清在昆明西南联合大学任教时。

忆曲靖至昆明车中观晚霞作[①]

朝雨困泥途,午霁豁蒙瞀。
大道比弦直,飙车争矢骤。
滇中气清朗,秋空蓝欲透。
高远杳无极,仰视徒引脰。
西日渐依山,迎眸一釜覆。
釜底火焚如,烧天积柴槱。
云霞金在冶,瞬息万奔凑。
斗然涌奇峰,峨嵋天下秀。
太华苍龙翔,匡庐五老瘦。

[①] 此诗约作于1942年4月22日朱自清在昆明西南联合大学任教时。

黄山真幽绝，有石皆皱皱。
不须访名山，指点窥层岫。
何来金狮子，蹈舞随节奏。
长毛纷龙茸，远跖勇践蹂。
仿佛首低昂，意欲腥膻嗅。
百兽匿踪迹，甘心谁与斗？
似闻气咻咻，千里通一吼。
庄严现世尊，光明郁如馏。
地上寸寸金，法身弥广袤。
偃蹇一孔中，眉头承艾灸。
摇荡平生心，帖焉醉醇酎？
张目瞑色合，晚风盈怀袖。
渐觉亲尘嚣，灯火如撒豆。

忆旧京西府海棠,次公权韵①

北地经冬不见梅,几番春讯待卿来。
长条颖脱穿云去,锦幄珠晖映日开。
未觉环肥矜淡扫,肯缘香少损仙裁?
黄庭初写今谁赏,应效啼妆悔赋才。

---

① 此诗当作于1942年4月23日朱自清在昆明西南联合大学任教时。

胃疾自嘲[①]

孤影狰狞镜里看,摩霄意气凛冰寒。
肥甘腊毒频贪味,肠胃生疡信素餐。
尚赖仔肩承老幼,剩凭瘦骨拄悲欢。
异时亦自堂堂地,饕餮何容蚀五官。

---

① 此诗约作于 1942 年 4 月 24 日朱自清在昆明西南联合大学任教时,刊于 1948 年 10 月《文学杂志》第三卷第五期。

云南实业银行新厦落成开幕，绍谷任总经理，诗以贺之[①]

绾毂川黔拱此州，南金东箭美难收。
拓开宝藏需才士，弥补时艰仗远谋。
平准一书如指掌，运筹廿载擅屠牛。
轻车熟路行无事，轮奂雍容羡带裘。

---

① 此诗约作于1942年下半年朱自清在昆明西南联合大学任教时。

送福田归檀香山[①]

檀岛风光异昔时,弥天烽火动归思。
经年劳止如番卒,行见迎门影里儿。

[①] 姜建、吴为公《朱自清年谱》以为此诗约作于 1943 年 7 月 28 日前后朱自清在昆明西南联合大学任教时。

中秋从月涵先生及岱孙、继侗至积翠园培源寄居,次今甫与月涵先生倡和韵[①]

其 一

天南独客远抛家,容易秋风惜晚花。
佳节偶同湖上过,无边朗月伴清茶。

其 二

酒美肴甘即是家,古今上下舌翻花。
兴来那计愁千斛,痛饮卢仝七碗茶。

[①] 此四诗作于1942年9月25日中秋节后一日朱自清在昆明西南联合大学任教时。

其 三

且住为佳莫问家，茫茫世事眼中花。
人生难得逢知好，树影围窗细品茶。

其 四

暂借园居暂作家，重阳节近忆黄花。
主人傥订登高约，布袜青鞋来吃茶。

叠前韵赠今甫[①]

其 一

漫郎四海漫为家,看尽春风百种花。
已了向平儿女愿,襟怀淡似雨前茶。

其 二

此心安处即吾家,瞥眼前尘雾里花。
剩得相知人几个,淡芭菰酽压新茶。

---

① 此四诗作于1942年10月1日朱自清在昆明西南联合大学任教时。

其 三

住惯天涯解作家,案头亲供折枝花。
学书看画消清昼,客至红炉缓煮茶。

其 四

北望燕云旧帝家,宫墙西畔菊堆花。
相期破虏收京后,社稷坛前一盏茶。

题李宇尪《无双吟》[①]

其 一

含毫和泪咏无双,万语千言意未降。
宇外忧思侵独抱,生前眉影黯虚釭。
同心如睹凤麟出,各梦常闻水石撞。
莫讶钟情成一往,谷深难得足音跫。

[①] 此二诗作于1942年10月25日朱自清在昆明西南联合大学任教时。

其 二

相怜我亦过来人,历历星霜旧恨新。
甘咽秋荼及夫婿,绝无怨语向交亲。
列车一别真成诀,墓树常青那是春。
儿女天涯多聚散,孤魂千里应逡巡。

游倒石头因忆石林，示同游诸子[①]

龙门幽险穷巧智，雕镂西山剔苍翠。
龙门下临倒石头，刀斧不施别有致。
山崩石倒压滇海，访胜游踪时一至。
到眼危礅森逼人，磅礴直欲无天地。
闻道山崩尘蔽天，谷响波回魂魄悸。
只今白石大如屋，阢陧道旁余奰屃。
或相争道顶相摩，怒峙如门摇欲坠。
亦有壁立俨成峰，顾盼一方窈心悥。
亦有凭河死无悔，碧波掩映多姿媚。

---

① 此诗作于1942年10月26日朱自清在昆明西南联合大学任教时。

东山月出照龙门，上下犹然判仙魅。
因忆石林真神工，仙魅低头应敛避。
无始以来大顽石，浑沌不材天所弃。
巨灵擘蹋肌理分，耳目鼻口从其类。
滇南偃蹇百千载，天荒地老无人记。
及今风高白日昏，来者毛里生寒意。
登览奇峰郁不开，枯木槎枒刀剑植。
又如朽骨聚丘山，一世贤愚臂交臂。
入林仰望罟井罟，深谷迷人欲长睡。
神仙工拙都戏谈，觅句雕虫徒好事。
惟当着屐二三人，携酒重游聊自肆。

挽张素痴[①]

其 一

妙岁露头角,真堪张一军。
书城成寝馈,笔阵挟风云。
勤拾考工绪,精研复性文。
淋漓修国史,巨眼几挥斤。

---

① 此诗约作于1942年10月26日前后朱自清在昆明西南联合大学任教时。

其 二

自古才为累,天悭狷与狂。
明镫宵作昼,白眼短流长。
脱颖争终贾,伤心绝孟光。
黑头戕二竖,鸿业失苍茫。

次公权韵[①]

其 一

开缄五色争春妍,精思健笔谁能先?
拥鼻吟讽不释手,望尘学步知其难。
不殊海上三神山,风涛出没心骨寒。
宫阙如云未可即,仙人陟降何安闲。

[①] 此诗约作于1943年上半年朱自清在昆明西南联合大学任教时。

其 二

手眼别出殊媸妍，夺人夺境争声先。
选徒嚣嚣多益善，冲锋陷阵当者难。
草木森森八公山，秦兵望影皆胆寒。
围棋赌墅报破敌，门外萧萧嘶马闲。

其 三

萧侯下笔呈余妍，著意与古争后先。
分唐界宋亦多事，行云流水人所难。
作诗如未登泰山，天之苍苍风气寒。
俯视茫茫百感发，不同徒矜觜爪闲。

清常见示摄影册子，辄题其后并序[①]

清常与夫人相别六载，曩夕学生聚谈会，清常陈辞感慨，四座动容。顷复以摄影册子见示，皆其夫人造像也。

新婚六稔苦相思，满座悲君感慨辞。
一夕现身闻妙法，盛年造像见幽姿。
平生欢爱肠千结，故国妻儿泪几丝。
为道春华难久住，轩车宜办莫过时。

昆明观音山作

[①] 此诗作于1943年7月15日朱自清在昆明西南联合大学任教时。

国徽花，俗所谓五子莲者①

密叶披墙碧欲流，微波徐动妙莲浮。
亭亭洛女矜妆淡，袅袅蜻蜓识水柔。
入眼分明国徽似，彰身灿烂宝星侔。
山中蹀躞频看汝，艳骨冰容孰与酬？

---

① 此诗作于1943年7月8日朱自清在昆明西南联合大学任教时。

山　泉[①]

似曾相识此泉声，滚玉跳珠意未平。
应喜别来两无恙，在山莫怨一身轻。

昆明西山道中口占

[①] 此诗约作于 1943 年 7 月朱自清在昆明西南联合大学任教时。

为春台题所画清华园之菊[①]

霜姿丽质掩莓苔,曾诩缤纷照眼来。
此日丹青重点染,山河秋影费疑猜。

昆明作

---

① 此诗约作于1943年7月朱自清在昆明西南联合大学任教时。

赠岱孙①

浊世翩翩迥不群，胜流累叶旧知闻。
书林贯串东西国，武库供张前后军。
冷眼洞穿肠九转，片言深入木三分。
闲居最爱长桥戏，笑谑无遮始见君。

---

① 此诗作于1943年9月26日朱自清在昆明西南联合大学任教时。

为人题印谱选存①

使转纵横意有无,能于寸石见真吾。
若将铁笔论诗法,此是君家摘句图。

---

① 此诗约作于1943年9月朱自清在昆明西南联合大学任教时。

书 怀[①]

何须别白论亲仇,尚寐无吪任百忧。
翻覆云雨输只手,森严崖岸过人头。
网罗庶免豹藏雾,冷暖自知蚓有楼。
一梦还登闾阖上,贤愚俯视忽同丘。

[①] 此诗约作于1943年10月朱自清在昆明西南联合大学任教时。

赠之椿①

十年相见霜侵鬓,自力更生国有魂。
润色舆言起盟友,纵横椽笔壮心存。

---

① 此诗约作于 1943 年 11 月朱自清在昆明西南联合大学任教时。

寿涂母陈太夫人七十 代吴正之作①

其 一

吾乡有贤母,七十古来稀。
锦水清徽远,涂山世族归。
抚孤勤画荻,达旦听鸣机。
戏彩看兰桂,阶前次第辉。

---

① 此二诗作于 1944 年 1 月 9 日朱自清在昆明西南联合大学任教时。

其 二

伯子欣同砚,妙年知所裁。
南雍擢高第,赣水育英才。
桃李春春暖,菁莪处处催。
愿偕重拜母,此日共衔杯。

农历壬午岁嘉平月十六日,值丏尊伉俪结缡四十周年之庆,雪村首倡贺章,丏尊有和作,即次原韵奉祝[①]

举案齐眉四十年,年年人逐月同圆。
烹鲜佐酒清谈永,伴读缝衣乐趣全。
平屋湖山神辄往,小堤桃柳色将妍。
胡尘满地身双健,莫为思乡负醉筵。

---

① 此诗约作于1943年朱自清在昆明西南联合大学任教时。

赠萧庆德,叔玉大儿也[①]

髫岁狷成癖,兹儿有父风。
一毫不肯挫,百役总能同。
即物知穷理,繁言解折衷。
会心忽微笑,独往兴无穷。

[①] 此诗作于 1944 年 1 月 1 日朱自清在昆明西南联合大学任教时。

春来小极,江清共话,大慰鄙怀①

天涯联榻各无家,狼藉丹铅送岁华。
退食高言河汉远,饤盘常供锦糖赊。
忧来乘病如蜂拥,语重兼金抵犷加。
蛮蠈相期君一笑,碍人芳草不须嗟。

---

① 此诗约作于1943年朱自清在昆明西南联合大学任教时。

娇 女[①]

谁家娇小女,啼哭赚亲怜。
灶媪常同榻,村童敢比肩。
出言如老吏,努目试轻拳。
兄姊避三舍,司晨不待年。

[①] 此诗作于 1943 年 7 月 28 日朱自清在昆明西南联合大学任教时。

绍谷哲嗣君恕世兄与广东陆女士成婚，诗以贺之[①]

家风城北最温文，长袖英年已轶群。
西亚宏规参建树，南天只燕久朝曛。
雀屏喜获渝中选，春色平分岭上云。
难得佳儿复佳妇，一门弓冶世相闻。

[①] 此诗约作于1943年朱自清在昆明西南联合大学任教时。

雨僧以《淑女将至》诗见示,
读之感喟,即次其韵[①]

几人儿女入怀来?客影徊徨只自哀。
白傅思乡驰五忆,陶公责子爱非才。
失群孤雁形杳杳,绕膝诸孙意兴灰。
更有飞鸟将弱息,天涯望父讯频催。

---

① 此诗作于 1943 年 7 月 29 日朱自清在昆明西南联合大学任教时。

答程千帆见赠,即次其韵[1]

其 一

层叠年光冉冉波,波中百我看蹉跎。
白头犹自忧千岁,奈此狂驰夸父何!

其 二

桨声镫影眉头梦,数米量盐劫里身。
今日秦淮呜咽水,叛儿谁复赏心人。

---

[1] 此四诗作于 1944 年 8 月 15 日朱自清在昆明西南联合大学任教时。

其 三

师心攘臂起膏肓,乡愿轩眉掩狷狂。
忽忆尼山狮子吼,斯文兴丧不关匡。

其 四

一发文心足愈愚,辨深淄渑百家沽。
天孙乞与金针巧,却向凡夫问有无。

卅三年夏,与慰堂、士生重聚于陪都,谈笑欢甚,作此纪事,兼赠二君①

其 一

不知有此乐,廿载各驱驰。
孰意萍踪聚,相看梦影疑。
笑谈随所向,礼法勿须持。
慷慨无当世,居然少壮时。

---

① 此三诗约作于1944年9月30日朱自清在昆明西南联合大学任教,暑假回成都探亲期满返校,在重庆转飞机时。

其 二

风流承别下,声气接通人。
四库英华出,东观轮奂新。
求书赴汤火,分目足梁津。
自得百城乐,焉知十丈尘。

慰堂

其 三

历尽崎岖路,犹存赤子心。
直言增妩媚,阅世晓晴阴。
眼底蛮争触,人前尺换寻。
从来有夷惠,宁与俗浮沉。

士生

中秋节近,以火腿干菜月饼贻慰堂,皆乡味也。慰堂峻却不受,作此调之①

饼饵聊随俗,先生拒勿深。
团圞中秋月,迢递故乡音。
且快屠门嚼,还同千里心。
物轻人意重,佳节俊难禁。

---

① 此诗约作于1944年9月30日前后朱自清在昆明西南联合大学任教,暑假回成都探亲期满返校,在重庆转飞机时。

《铁螺山房集》赠主人[①]

马车辘辘大堤侧,主人倚杖出迎客。
小园照眼一橡新,书册纵横犹满壁。
似曾相识三摩挚,主人殷勤数来历。
淡芭菰香茶味永,主妇将雏频络绎。
登楼旧燕各翩翩,坐觉春风生两腋。
小诗坦率见世情,烟斗陆离征雅癖。
竹根木瘿得风流,手运锥刀随曲折。
案头失喜名伶传,谱学精微谁与敌。
食时方丈列吴盘,初写黄庭皆啧啧。

---

① 此诗作于 1945 年 5 月 20—21 日朱自清在昆明西南联合大学任教时。

不遑应接山阴道，向隅止酒良失策。
曲终奏雅盆如海，鸡母豚肩相比翼。
望洋兴叹奈若何？拄腹撑肠吃不得。
饱食谁当复用心，往事重温矜点滴。
主妇娓娓论家常，主人津津咽烟液。
大噱豪谈震屋瓦，人生难得忘形迹。
不知何处是他乡？此语真能道胸臆。
诗成主人卜市居，铁峰螺峰天外碧。
山房一集自千秋，从古忘忧唯美食。

1945 年作

寄三弟叙永[①]

同生四兄弟,汝与我最亲。
念汝生不永,吾家方患贫。
弱冠执教鞭,三载含酸辛。
不耻恶衣食,锱铢黾朝昏。
辞家就闽学,读律期致身。
兄弟天一方,劳苦仅相闻。
军兴过汉上,执手展殷勤。
相视杂悲喜,面目侵风尘。

---

① 此诗作于 1945 年 5 月 27 日朱自清在昆明西南联合大学任教时。

小聚还复别,临歧久谆谆。
我旋客天南,汝亦事骏奔。
长沙付一炬,命与悬丝均。
历劫得相见,不怨天与人。
奔走助我役,玩好与我分。
终始如一日,感汝性情真。
铁鹫肆荼毒,邻室无遗痕。
赖汝移藏书,插架今纷纶。
辗转陪都去,旅食春复春。
陪都两见汝,日日来相存。
唻我饼饵香,馈我烟丝醇。
去岁官叙永,法曹人所尊。
宿愿一朝副,当思惠吾民。
亦当思中馈,及时缔良姻。
极目千里外,寸心托飞云。

卅四年夏，余自昆明归成都，子恺亦自重庆来，晤言欢甚，成四绝句[①]

其 一

千里浮萍风聚叶，十年分袂雪盈颠。
关河行脚停辛苦，赢得飘髯一飒然。

其 二

应忆当年湖上娱，天真儿女白描图。
两家子侄各笄冠，却问向平愿了无？

[①] 此四诗作于1945年7月17日朱自清在昆明西南联合大学任教，回成都度暑假时。

其 三

执手相看太瘦生,少年意气比烟轻。
教鞭画笔为糊口,能值几钱世上名?

其 四

锦城虽好爱渝州,一片乡音入耳柔。
敝屋数椽家十口,慰情只此似吴头。

贺郭毅庵与殷剑明女士结婚[①]

鲁风吹拂潭千尺,湘月摩挲剑两枝。
眷属有情临胜节,一家欢喜万家随。

[①] 此诗约作于1945年10月前后朱自清在昆明西南联合大学任教时。

贺惠国姝女士与杨君结婚[①]

佳人好合逢佳节,乐事无加住乐乡。
东箭南金联二姓,马龙车水醉千觞。

---

① 此诗约作于 1945 年 10 月 2 日朱自清在昆明西南联合大学任教时。

读冯友兰、景兰、淑兰昆季所述尊妣吴太夫人行状及祭母文,系之以诗[①]

饮水知源木有根,瓣香贤母此思存。
本支百世新家庙,昆弟三途耀德门。
趋拜曾瞻慈荫暖,论交深信义方惇。
长君理学尤沾溉,锡类无惭古立言。

---

① 此诗作于1945年10月20日朱自清在昆明西南联合大学任教时。

题所藏《李晨岚沅陵图》残卷①

其 一

湘西羡杀好风帆,一角沅陵且解馋。
最是浮家滋味足,数竿渔网映衣衫。

其 二

商量款式几回装,鼠啮鸡飞冷不防。
今日乐昌欣合镜,河山还我碎奚伤。

---

① 此诗作于 1945 年 10 月 31 日朱自清在昆明西南联合大学任教时。

市肆见《三希堂山谷尺牍》,爱不忍释,而力不能致之[①]

诗爱髯苏书爱黄,不妨妩媚是清刚。
摊头踯躅涎三尺,了愿终悭币一囊。

[①] 此诗约作于1945年10月15日前后朱自清在昆明西南联合大学时。

胜利已复半载，对此茫茫，百端交集，次公权去夏见答韵[①]

凯歌旋踵仍据乱，极目升平杳无畔。
几番雨横复风狂，破碎山河天四暗。
同室操戈血漂杵，奔走惊呼交喘汗。
流离琐尾历九秋，灾星到头还贯串。
异乡久客如蚁旋，敝服饥肠何日赡。
灾星宁独照吾徒，西亚东欧人人见。
大熊赫赫据天津，高掌远跖开生面。
教训生聚三十春，长霄万里噤光焰。

---

① 此诗作于1946年2月11—12日朱自清在昆明西南联合大学任教时。

疾雷破空时一吼，文字无灵嗟笔砚。
珠光宝气独不甘，西方之人美而艳。
宝气珠光射斗牛，东海西海皆歆羡。
熊乎熊乎尔诚能，张脉偾兴争烂绚。
谁家天下今域中？钩心斗角从君看。
看天左右作人难，亚东大国吾为冠。
白山黑水吾之有，维翰维藩吾所愿。
如何久假漫言归，旧京孤露思萦万。
旧京坊巷眼中明，剜肉补疮装应办。
社稷黄菊灿如金，太液柔波清可泛。
只愁日夕困心兵，孤负西山招手唤。
更愁冻馁随妻子，瘦骨伶丁沦弃扇。

1946 年作

涤非惠诗，其言甚苦，次韵慰之[①]

俳谐秋兴曲，辛苦后山诗。
哀乐诚超俗，丘轲自待时。
大人能变迹，老妇倒绷儿。
劣得纸田在，无劳百所思。

[①] 此诗约作于1946年春朱自清在昆明西南联合大学任教时。

戏赠萧庆年,叔玉长女公子也[①]

不作娇羞态,还余烂漫风。
亲人形孺慕,倒峡见辞雄。
饮水羌争渴,由窗径愿通。
下楼频复上,自笑百忙中。

[①] 此诗约作于 1946 年 5 月 24 日朱自清在昆明西南联合大学任教时。

华 年[①]

其 一

明眸皓齿驻春魂,一笑能令斗室温。
却忆丽沙留片影,到今赚得百思存。

其 二

玉润珠圆出自然,称身裁剪映华年。
街头两姝连肩拥,一段天真我最怜。

[①] 此二诗作于1946年5月24日朱自清在昆明西南联合大学任教时。

《客倦》次公权韵[①]

客倦藏蜗角,蓬蓬昧远春。
敢言天下事,怯对眼中人。
儒服随时敝,翻潮逐日新。
四方何所骋,堪叹赘余身。

成都作

---

① 此诗作于1946年7月5日朱自清在成都时,此时西南联合大学已经解散,朱自清将随清华大学迁回北平。

贺金拾珊、张弢英婚礼[①]

旧业说金张，新婚胶漆行。
同窗研货殖，负笈治梯航。
锦水明双璧，中秋艳画堂。
遥期共圆月，额手举壶觞。

---

① 此诗作于1946年8月17日朱自清在成都将返北平时。

赠石荪[①]

不惜齿牙惜羽毛,清辞刚胆擅吾曹。
揄扬寸善花堆舌,叱咤千人气压涛。
报国书生何慷慨,缘情曲子近风骚。
难忘促膝倾筐箧,半日醺然胜饮醪。

成渝道中作

---

① 此诗约作于 1946 年 8 月 19 日朱自清从成都到赴重庆途中。

赠单五传渊[1]

儿童奔走告,高唱单哥来。
为说殷勤觅,方如云雾开。
相牛腾舌辩,读律有心裁。
五万探囊出,相邀耍一回。

重庆作

---

[1] 此诗约作于1946年8月朱自清在重庆等飞机返北平时。

健吾以振铎所贻旧纸来索诗，书不成行，辄易一幅应之①

其 一

堪羡逢场能作戏，八年哀乐过于人。
山河有怨凭君诉，却颂和平孰与陈？

1947年北平作

其 二

郑先赠纸古香色，千里邮筒密裹来。
破笔涂鸦不成列，换将素幅俗堪咍。

---

① 此二诗作于1947年3月12日朱自清在北平清华大学任教时。

慰堂坠车折臂，养疴沪上，寄示旧作。并承赠诗，即次见赠韵[①]

分手三秋物屡迁，萧墙战鼓听填填。
不堪屈指米煤价，可以疗饥珠玉篇。
玄览库钞勤播印，千元皕宋看排编。
折肱尽瘁光家国，但问耕耘莫问年。

---

① 此诗约作于1947年朱自清在北平清华大学任教时。

绍谷伉俪北来，同游香山静宜园，话旧奉赠[①]

其 一

向平累减事清游，眷属如仙故国秋。
好是无风白日静，香山红叶足凝眸。

其 二

平仲与人久不忘，卅年无改旧时装。
车行亦有崎岖处，回策如萦气自扬。

---

① 此二诗作于1947年11月2—5日朱自清在北平清华大学任教时。

夜不成寐，忆业雅《老境》一文，感而有作，即以示之[①]

中年便易伤哀乐，老境何当计短长。
衰疾常防儿辈觉，童真岂识我生忙。
室人相敬水同味，亲友时看星坠光。
笔妙启予宵不寐，羡君行健尚南强。

---

① 此诗作于1948年1月29日朱自清在北平清华大学任教时。

赠程砚秋君及高足王吟秋君[1]

二月十四日夕,清华同仁眷属联谊会春节团拜,约程清唱《锁麟囊》,王演剧。主其事者,嘱作诗以谢。

其 一

韩娥歌哭入云深,老幼悲欢不自禁。
今夕琳琅闻一曲,千人忘味各沉吟。

其 二

盛年头角已峥嵘,雏凤清声满座倾。
不负苦心传妙绪,程门此子最能鸣。

---

[1] 此二诗作于1948年2月17日朱自清在北平清华大学任教时。

补 遗

中秋有感[①]

万千风雨逼人来,世事都成劫里灰。
秋老干戈人老病,中天皓月几时回?

[①] 此诗作于1924年9月13日朱自清在浙江宁波准备应浙江省立第四中学国文教员聘时。

奉化江边盘散归途成一绝[①]

渺渺银波翻白日,离离弱草映朱颜。
只今江上清如许,借问羁人心可闲?

[①] 此诗作于1924年9月15日朱自清在浙江宁波准备应浙江省立第四中学国文教员聘时。

题马公愚所画《石鼓图》①

文采风流照四筵,每思玄度意悠然。
也应有恨天难补,却与名山结喜缘。

---

① 此诗作于 1925 年 5 月朱自清在浙江上虞白马湖春晖中学任教时。

情 诗[①]

十九日

平野正苍苍,相思在何所。
蕙兰扬光辉,馨香盈洲渚。
念彼同心人,采此欲遗汝。
当饱宁念饥,离居乃慕侣。
太息旧时欢,尽日空延伫。

[①] 此诗作于 1928 年 7 月 19 日朱自清任教于北京清华大学时。

和陈竹隐二章[①]

隐以绝句二章见寄,情见乎辞,作此和之,当能喻其所怀之深浅也。

其 一

宛转腰身一臂支,双眉淡扫发丝丝。
桥头午夜留人坐,月满风微欲语迟。

[①] 此二诗作于1931年11月5日朱自清在清华大学教授任上满四年,带薪休假一年,赴欧游学旅居伦敦时。

其 二

寄愁无策倍堪伤,异国秋来草不黄。
山海万重东去路,更从何处着思量。

漓江绝句[①]

劈面飞来山一雄,绝无依傍上苍穹。
从教隔断漓江水,点染烟云补化工。

(胜画工)

[①] 此诗作于1938年2月25日朱自清自长沙南下赴昆明途经广西南宁时。

贺中国农民银行开幕式[①]

维我中华，以农立国。
圣人垂训，首曰足食。
国步多艰，民生实难。
农人妇子，啼饥号寒。
不有赒赡，邦本沉沦。
银行之设，实惠农民。
自设银行，效绩日彰。
始于四省，爰及南疆。
南疆经始，徐君心算。

---

① 此诗作于1938年4月25日朱自清在蒙自西南联合大学任教时。

矢勤矢勇,美轮美奂。
匪惟货殖,民隐是求。
利农利国,嘉谋嘉猷。

逖生见示香山看红叶之作,即步原韵奉和[①]

秋光未老且偷闲,裙屐招邀去看山。
脚见愁峰顿清切,眼明红树忽斑斓。
羲和欲乘六龙逝,夸父能追一线殷。
此日诗成弄彩笔,异时绝顶更跻攀。

[①] 此诗作于1936年10月20日,记1936年10月17日与清华同仁共游香山事。

祝贺廖辉如先生六十寿辰[①]

少年有壮志,浮海习奇工。
绩学传薪盛,长才触类通。
结交曾子义,排难鲁连风。
花甲中秋近,更欣兰桂崇。

[①] 此诗作于1944年9月18日,朱自清任教于昆明西南联合大学,暑假在成都休假时。

短歌歌威尼斯行与朱偰联句[①]

去国忽已久[偰]，浩然思东归；
南欧佳丽地[清]，文物生光辉。
乘日作胜游[偰]，软尘沾素衣；
登山寻旧墟[清]，临流送余晖。
中夜威尼市，小艇来三四；
载客河上行[偰]，灯火昏如醉。
忆昔全盛日[清]，声名四海被；
轴轳转万邦[偰]，甲第连云起。
繁华久萧索[清]，俯仰空陈迹；
咿哑橹声迟[偰]，处处王侯宅[清]。

[①] 此诗为 1932 年朱自清与朱偰自威尼斯归航时的联句。

巍巍圣玛珂，辉煌缀金碧[偲]。
法相现庄严，钟鼓闻朝夕[清]。
铜马来东土，赫赫扬威武。
沧桑已迭陈，盛衰自有主[偲]！
钟楼干云霄，登临望四宇，
岛屿锦绣铺，市廛繁星聚[清]。
方场居中央，列柱遥相望；
宿昔擅富贵，佩玉鸣铿锵[偲]。
公宫临大河，名画何琳琅？
轮奂美无比，巍然鲁灵光[清]。
太息名飞桥，悲风尚飂飂。
楚囚昔对泣，长恐不终朝[偲]。
咫尺欢愁异，夜曲良妖娆。
红灯映碧水，微风扬轻绡[清]。
南潮多旖旎，遗风未尽澌。
楼台尚绮靡，寺宇竞威仪[偲]。
玻璃与鞣革，玲珑呈巧思。
徘徊不能去[清]，缅古令神驰[偲]！

补 遗

归航即景与朱偰联句[①]

回航逾万里^偰,倏忽已兼旬。
东西亘大海^清,浩浩浑无垠。
风雨连朝夕^偰,飘摇东海滨。
江山识故国^清,行旅话苦辛。
忆发威尼斯^偰,晴波正粼粼。
悠悠地中海^清,长天无纤尘。
自古钟灵秀^偰,文质何彬彬^清?
希腊与罗马,战舰似云屯,
纵横四海外^偰,霸业竟长泯^清。
波赛故寥落,今居要路津^偰。
奇香淡芭菰,美味突厥珍^清。

---

① 此诗为1932年朱自清与朱偰自威尼斯归航时的联句。

浩浩苏彝士,商舶往来频,
山崩壮士死,方可通航轮^偰。
红海连沙漠,酷热无与伦,
三朝过亚丁,清风始更新^清。
漫漫印度洋,滔天浪似银^偰。
同舟畏风涛,辗转心逡巡^清。
孟买号大埠,市肆似比鳞。
锡兰古名都,今日何沉沦^偰。
星洲介西东,欧亚道路均;
居民来闽粤,情貌滋可亲^清。
香港本吾土,豪夺任强邻,
陷来百余载,仇恨犹未伸。
游子去故国,匆匆历数春,
千里赋归来,感慨难俱陈^偰。
遥望旧山川,岩壑良嶙峋,
奈何不自竞,宰割由他人^清!
横流被中原,万姓号饥贫。
烟尘警东北.寇氛炽粤闽。
所望炎黄裔,三户必亡秦。
风雨忽如晦,似助我悲呻,
瞻望云海外,不觉涕沾巾^偰!

元日纪游与浦江清联句①

积阴忽放晴,元日风光美^朱。
晓发读书堂,曳杖青山趾^浦。
修坂知几盘,滑滑泥沾屣^朱。
浮云瀹前峰,霏雾失远市^浦。
望中半山亭,一径烟霞指^朱。
直上到寥廓,崖壑旷瞻视^浦。
路曲紫竹林,茅屋才盈咫。
拥彗支离疏,对客但阿唯^朱。
邺侯书院高,石阑聊徙倚,

---

① 此诗为1938年元旦朱自清与浦江清同游南岳衡山时的联句。

当年三万轴,名山馨兰芷。
想见济物功,得力在书史,
如何乡人愚,中龛杂神祀[浦]。
问讯观河林,豁然在眼底。
羊肠宛转通,步步生荆杞[朱]。
同行六七人,呼啸隔遐迩。
水田开阡陌[浦],照影明镜比[朱]。
分脉散清泉[浦],涓涓随杖履[朱]。
庵前列翠竹,庵后森杉枳。
开窗眺山云,晴光忽在几。
老尼年八十,款客陈果簋[浦]。
各剖新橙黄,共嗟风栗旨。
更将火钵来,湿袜干可喜[朱]。
尼言家湘潭,剃度忘岁纪,
入山五十载,有徒多先死,
非关修养勤,菩萨赐福祉[浦]。
出门不见人,拾级下山嘴。
四顾唯一白,满谷云弥弥,
群飞三月絮,狂涌百川水,
浮沉若轻鸥,浩荡云海里[朱]。
危磴积黄叶,曲涧孕碧蘴。

朱实不知名,野花方吐蕊[浦]。
高下穷幽奇,日脚映山紫。
蓦然得官道,一往平如砥[朱]。
玉版桥前路,迢遰水之涘[浦]。
唧唧络丝声[朱],(谓玉版桥前络丝潭也)
瀑流喷石髓[浦]。
悬度似虹飞,碎溅剧星驶。
磐石坐千人,
有枰难著子。(络丝潭侧石上刻有枰局)
饥驱索酒家[朱],素卮浮绿螚,
分甘有吴酥,新炙得湘鲤。
讲学伤播迁,(时学校将迁昆明,启程在即)
嘉游安可已[浦]。
兹来席未暖,讵知计日徙,
拱手谢山灵,沉吟聚散理[朱]。

1938年元日作